Querido(a):
Eu e o Lucas desejamos a você que comprou este livro muita alegria, sabedoria, aprendizado, autoconhecimento, paz e equilíbrio. Também desejamos que a mensagem por ele trazida conforte seu coração e preencha qualquer dúvida em relação à vida eterna. Que a felicidade seja parte de sua vida todos os dias.

pelo Espírito LUCAS

UM ESPÍRITA NO UMBRAL

Book Espírita Editora
1ª Edição
| Rio de Janeiro | 2023 |

Osmar Barbosa

BOOK ESPÍRITA EDITORA

Capa
Marco Mancen

Projeto Gráfico / Diagramação
Alone Editorial

Imagens capa e miolo
Depositphotos

Revisão
Halyne Porto

Marketing e Comercial
Michelle Santos

Pedidos de Livros e Contato Editorial
comercial@bookespirita.com.br

Copyright © 2023 by
BOOK ESPÍRITA EDITORA
Região Oceânica, Niterói,
Rio de Janeiro.

1ª edição
Prefixo Editorial: 991053
Impresso no Brasil

Dados Internacionais de Catalogação na Publicação (CIP)
(Câmara Brasileira do Livro, SP, Brasil)

```
Lucas (Espírito)
   Um espírita no umbral / [ditado pelo espírito]
Lucas, [psicografado por] Osmar Barbosa. -- 1. ed. --
Niterói, RJ : Ed. do Autor, 2023.

   ISBN 978-65-89628-27-9

   1. Espiritismo - Doutrina 2. Psicografia
3. Romance espírita I. Barbosa, Osmar. II. Título.
```

23-152623   CDD-133.93

Índices para catálogo sistemático:

1. Romance espírita psicografado   133.93

Tábata Alves da Silva - Bibliotecária - CRB-8/9253

Todos os direitos reservados e protegidos pela Lei 9.610, de 19/02/1998. Nenhuma parte deste livro pode ser reproduzida ou transmitida por quaisquer formas ou meios eletrônicos ou mecânicos, incluindo fotocópia, gravação, digitação, entre outros, sem permissão expressa, por escrito, dos editores.

Recomendamos a leitura dos outros livros psicografados por Osmar Barbosa para maior familiarização com os Espíritos que estão neste livro.

O Editor.

O autor doou todos os direitos desta obra à
Fraternidade Espírita Amor e Caridade.
www.hospitalamorecaridade.org

Outros livros psicografados por Osmar Barbosa

Cinco Dias no Umbral

Gitano – As Vidas do Cigano Rodrigo

O Guardião da Luz

Orai & Vigiai

Colônia Espiritual Amor e Caridade

Ondas da Vida

Antes que a Morte nos Separe

Além do Ser – A História de um Suicida

A Batalha dos Iluminados

Joana D'Arc – O Amor Venceu

Eu Sou Exu

500 Almas

Cinco Dias no Umbral – O Resgate

Entre nossas Vidas

O Amanhã nos Pertence

O Lado Azul da Vida

Mãe,Voltei!

Depois

O Lado Oculto da Vida

Entrevista com Espíritos – Os Bastidores do Centro Espírita

Colônia Espiritual Amor e Caridade – Dias de Luz

O Médico de Deus

Amigo Fiel

Impuros – A Legião de Exus

Vinde à Mim

Autismo – A escolha de Nicolas

Umbanda para Iniciantes

Parafraseando Chico Xavier

Cinco Dias no Umbral – O Perdão

Acordei no Umbral

A Rosa do Cairo

Deixe-me Nascer

Obssessor

Regeneração – Uma Nova Era

Deametria – Hospital Espiritual Amor e Caridade

A Vida depois da Morte

Deametria – A Desobsessão Modernizada

O Suicídio de Ana

Cinco Dias no Umbral – O Limite

Guardião – Exu

Colônia Espiritual Laços Eternos

Despertando o Espiritual

Por que Você Morreu?

Aconteceu no Umbral

O Diário de um Suicida

Superior Tribunal Espiritual

Conheça um pouco mais de Osmar Barbosa:
www.osmarbarbosa.com.br

Agradecimentos

Agradeço primeiramente a Deus por conceder a mim esse verdadeiro privilégio de servir humildemente como um mero instrumento dos planos superiores.

Agradeço a Jesus Cristo, espírito modelo, por guiar, conduzir e inspirar meus passos nessa desafiadora jornada terrena.

Agradeço ao Lucas e aos demais espíritos, ao lado dos quais tive a honra e o privilégio de passar alguns dias psicografando este livro. Agradeço, ainda, pela oportunidade e por permitirem que essas humildes palavras, registradas nesta obra, ajudem as pessoas a refletirem sobre suas atitudes, evoluindo.

Agradeço também a minha família, pela cumplicidade, compreensão e dedicação. Sem vocês ao meu lado, me dando todo tipo de suporte, nada disso seria possível.

E agradeço a você, leitor amigo, que comprou este livro, e, com a sua colaboração, nos ajudará a levar a Doutrina Espírita e todos os seus benefícios e ensinamentos para mais e mais pessoas.

Obrigado!

A todos, os meus mais sinceros agradecimentos.

Osmar Barbosa

Sumário

15 | PREFÁCIO

29 | O DESDOBRAMENTO

37 | O UMBRAL

47 | MOISÉS

67 | DEPOIS

85 | O DESENCARNE

99 | UM ESPÍRITA NO UMBRAL

119 | O DIA SEGUINTE

133 | REDESCOBRINDO-SE

149 | POSTO DE SOCORRO

163 | ACORDANDO

175 | CONSCIENTIZANDO-SE

191 | O RECOMEÇO

> "
>
> *A vida não se resume a esta vida!*
>
> "
>
> *Nina Brestonini*

Prefácio

Olá! Seja muito bem-vindo a mais uma obra psicografada por mim. Acredito que você ainda não tenha experimentado a leitura de algum livro que tive o privilégio de escrever ao lado dos meus mentores. Por esse motivo, quero me apresentar a você.

Eu me chamo Osmar Barbosa, sou médium desde que me entendo por gente. Atualmente, sou dirigente do Hospital Espiritual Amor e Caridade. Sou expositor, palestrante, mas, acima de tudo, humano!

Cresci em São Gonçalo, no Rio de Janeiro, onde tive minhas primeiras experiências mediúnicas ainda na infância.

Tive a oportunidade de conviver com uma pessoa maravilhosa na Terra, a minha mãe, Aurora Barbosa. Com ela, aprendi a ser gente, amar as pessoas, valorizar tudo e todos. Acho que também aprendi a ser simples na minha maneira de ver o mundo e viver. De forma simples, transcrevo tudo o que os mentores me trazem, relatam e me mostram sobre a vida nas esferas espirituais.

De formação católica, conheci a Doutrina Espírita por orientação de companheiros espirituais. Ingressei no movimento espírita em 1979, por meio do Grupo Espírita Frei Fabiano de Cristo, dirigido pela saudosa amiga Carolina Araújo. Mais tarde, em Itaipu, na cidade de Niterói, Rio de Janeiro, fundei a Casa Espírita de Oração Luz do Oriente, hoje chamada Fraternidade Espírita Amor e Caridade, onde atualmente atuo como presidente e desenvolvo atividades mediúnicas e sociais. Foi na Fraternidade Espírita Amor e Caridade que fundamos o Hospital Espiritual Amor e Caridade, onde atendemos centenas de pessoas todos os meses com diversos tratamentos espirituais. Extraímos resultados fenomenais, graças a Deus e, é claro, aos mentores espirituais oriundos da Colônia Espiritual Amor e Caridade.

Sou comprometido com o ideal espírita, perfeitamente humano e cheio de perguntas para as quais não tenho respostas – embora tenha muitas respostas para perguntas que nunca formulei. Adoro ser humano, bater um bom papo, ser amigo, rir, viajar e me divertir com minha família. Não sou obcecado por trabalho. Acho que precisamos de um tempo para curtir a vida, o mundo e as pessoas. O planeta Terra é muito bonito, e precisamos ter um tempo à disposição para apreciar o mundo e suas experiências. Adoro respirar ar puro e ouvir MPB. Curto muito cinema, principalmente drama, comédia e suspense.

Gosto de experimentos culinários e uma boa praia. Sou apenas humano como você e muita gente boa por aí. Adoro ficar em minha casa com minha Michelle, meus cinco filhos e minhas netas. Curto muito meu lar. Esse sou eu!

OSMAR BARBOSA

Conheci a mediunidade ostensiva ainda na infância, quando minha família foi morar em uma pequena vila de casas muito perto de um cemitério; aliás, o principal cemitério da minha cidade natal. Eu tinha apenas oito anos de idade, e eu e a minha amada mãezinha passamos um aperto danado quando os espíritos perceberam que poderiam se comunicar comigo, mas essa é uma história para ser contada em outro livro – que, aliás, já está pronto à espera de uma oportunidade para ser publicado. Esse livro vai se chamar *Minha Vida Nessa Vida*, uma autobiografia em que conto tudo sobre mim, minha família, minha infância e minha mediunidade ostensiva desde menino.

Sou um senhor de 63 anos dedicado à família, ao trabalho na casa espírita e à relação com os espíritos, sejam eles quais forem. Também sou um estudioso da mediunidade, seus efeitos e fenômenos. Dedico muitas horas da minha vida ao estudo sobre transtornos, benefícios e obrigações que um médium deve ter com o dom mediúnico.

Desde cedo, aprendi que não tenho e nem posso escolher com quais espíritos devo me relacionar, já que ser médium não é um privilégio, mas uma condição espiritual. E, sendo a mediunidade um dom divino, divinamente devemos exercê-la.

Tudo que nos é oferecido pelos espíritos ou que venha da vida espiritual nos é benéfico. Sendo assim, aqueles que aprendem a usar o dom mediúnico da forma correta extra-em muitas benesses quando compreendem o fenômeno e, claro, o praticam corretamente.

Como relatei, a minha relação com os espíritos é muito antiga e se manifesta de diversas formas. Foi ao longo dessa caminhada mediúnica e buscando compreender os fenômenos que a mediunidade apresenta que me conectei com meus mentores, pois os mentores espirituais estão um pouco acima da inteligência que possuímos. Por isso que estão na condição de mentores, ou seja, sabem um pouco mais que nós... e, para podermos acessá-los, é necessário investimento.

Não investimento financeiro. Nada disso. O que precisamos investir é no conhecimento, uma tarefa árdua para os preguiçosos, pois requer muitas horas de estudo e imersões infinitas na busca pelo conhecimento necessário para uma boa comunicação. Nosso amado Chico disse: disciplina, muita disciplina...

Pode parecer um bicho de sete cabeças, mas não é – e eu vou provar para você agora. Preste muita atenção...

Qual o sentido da vida?

Por que fomos criados ignorantes?

De onde viemos?

Para onde iremos?

Basta você compreender isso e tudo estará compreendido.

Pode parecer uma utopia, mas tenha calma. Eu vou explicar e conduzir você de uma forma que compreenda o que quero explicar.

Primeiro, o sentido da vida é vivê-la da melhor maneira possível. Ninguém está aqui para sofrer, perder, se humilhar ou morrer. Até porque, a morte não existe; ela é apenas um acontecimento biológico, destino de todos os seres vivos. Estamos temporariamente na carne para expiar e, através da expiação, nos aperfeiçoarmos. São as provações que nos modificam. Tenha certeza de que nada do que acontece é um acaso. Esse é um bom ponto de partida para você começar a entender o sentido da vida.

Por que fomos criados?

Porque existem muitos mundos que precisam ser habitados, e o Pai destina seus filhos às suas moradas, como ele mesmo nos disse:

"Há muitas moradas na casa do meu Pai"

De onde viemos?

Da morada eterna, para onde todos retornaremos após as experiências necessárias ao nosso aperfeiçoamento. Podemos dizer que essas oportunidades evolutivas são quase infinitas, pois ainda não temos o total conhecimento do que é a perfeição que Deus exige de seus filhos. Sabemos que elas são necessárias e que vamos experimentá-las quantas vezes forem necessárias para atingir o objetivo, que é a perfeição.

Para onde iremos?

Voltaremos ao lugar de origem, melhorados ou piorados. Quando pioramos, precisamos passar por um lugar de limpeza e adequação energética e fluídica para podermos entrar novamente na casa de origem. As moradas espirituais têm certas condições perispirituais para transitarmos nelas. Quando saímos do plano físico sem essas condições, são necessários ajustes fluídicos e energéticos para conquistarmos a condição ideal e nos relacionarmos com nossos irmãos que estão em melhores condições e à nossa espera nas colônias espirituais.

Assim, chegamos e saímos dos planos expiatórios quantas vezes forem necessárias para o nosso melhoramento. Isso porque nenhum de nós ainda conhece a perfeição – exceto os que já conquistaram e estão um pouco distantes de nós, em tarefas maiores na vida espiritual.

Como diz o nosso amado Frei Daniel, *"trocamos de uniforme todas às vezes que mudamos de escola"*. O uniforme do espírito é o corpo que temporariamente ele habita em algum lugar.

As escolas são muitas, e cada uma tem as provas educacionais corretas para cada nível de entendimento do aluno. Não temos o direito de confundir justiça divina com vingança, pois Deus não se vinga de nenhum de seus filhos. Precisamos definitivamente compreender que Ele é amor em essência e usa o perdão e as oportunidades para nos educar.

Portanto, nem sempre aquele que mata precisará ser morto para pagar a dívida. Na maioria das vezes, é o perdão que ajusta os espíritos e os impulsiona a evoluírem. Aprenda isso e você aprenderá o que é a vida e o sentido dela – ou das vidas, se assim você preferir.

Durante todos os anos dedicados ao exercício e ao estudo da mediunidade, aprendi muita coisa, me decepcionei várias vezes, me entristeci em muitas situações e quase desisti em alguns momentos. Mas a busca pelo conhecimento do fenômeno me mantinha na estrada do aprendizado constante, e eu precisava compreender o que acontecia comigo.

Eu descobri que a primeira coisa que você deve fazer para exercer a mediunidade da forma correta é se abster de participar da comunicação entre o espírito comunicante e o consulente – relação muito comum que acontece durante a mediunidade de psicofonia. Se a comunicação não me pertence, eu não tenho o direito de participar.

Logo que comecei, bem no início mesmo, um dos meus mentores me disse:

– Osmar, esse assunto que estou conversando com tal pessoa não te interessa. Por isso, você precisa aprender a se abster do que estou conversando ou fazendo nos atendimentos.

Foi quando eu perguntei a ele:

– O que faço então para não participar? Como não ver ou ouvir o que você está conversando?

– Abstenha-se.

– Como me abster?

– Desdobre-se e me siga...

Foi então que ele me levou a um lugar em desdobramento e me disse:

– Toda vez que eu usar da sua mediunidade para me comunicar com quem quer que seja, venha mentalmente para este lugar. Entendeu?

– Sim. Entendi perfeitamente.

Naquele dia, eu descobri que, indo para o local indicado por ele durante a psicofonia, eu permitia que as comunicações fossem mais fiéis, e assim estamos trabalhando até os dias atuais. Realmente, eu não tenho o direito de interferir nos trabalhos dos meus mentores espirituais.

Você deve estar se perguntando "Mas como fazer isso?". Parece difícil, mas é mais fácil do que você pensa... quando o mentor espiritual se aproximar de você, permita a incorporação e se desloque para um local em desdobramento.

Perfeito? Sim, é perfeito... comece a exercitar o desdobramento antes da incorporação. Faça isso todos os dias.

Desloque-se para um lugar que você admira ou que já tenha visitado, por exemplo. Vá mentalmente para esse lugar.

E com muito tempo, através de muito exercício, você vai perceber que a incorporação não sofrerá mais a sua influência, deixando o seu mentor trabalhar da forma correta. Não desista. Todo começo é difícil, mas a prática leva à perfeição.

Eu também aprendi que dois corpos não ocupam o mesmo espaço e que toda comunicação mediúnica (eu disse todas!) sofre a intercessão anímica. Então, eu me dediquei anos e mais anos a estudar o animismo. Dessa forma, consigo me relacionar em harmonia com todos os espíritos que me procuram – embora ainda tenha um pouco de dificuldade de me comunicar com eles por meio de outros médiuns.

Eu não sou o médium perfeito, mas, como já me disseram alguns dos meus mentores, *é pelo resultado do trabalho que se mede o esforço aplicado*.

Assim, colhemos diariamente os frutos da dedicação aos espíritos missionários, cumprindo com dignidade, através das psicografias e das comunicações mediúnicas, a missão de trazer aos leitores tudo o que existe, acontece e está no destino dos espíritos.

Sempre que sou convidado para escrever um novo livro, trago para você, leitor, os diálogos desde a primeira frase. Assim nos aproximamos: eu, você e o espírito comunicante. Nesta obra, não será diferente, pois tudo aconteceu em um momento em que eu estava estudando sobre as consequências do uso indevido da mediunidade. Foi nessa hora que Lucas me procurou e tudo começou.

Eu estava sentado em minha mesa de trabalho estudando sobre os efeitos e as consequências do uso da mediunidade. Uma luz de cor azul iluminou todo o ambiente, e eu percebi que algum mentor me procurava. Sempre que isso acontece, minha primeira reação é ficar emocionado por eles terem me procurado para mais um serviço de amor ao próximo.

Assim, logo que a névoa de cor violeta se esvaiu, vi que o Lucas se aproximava de mim.

– Olá, Osmar!

– Oi, Lucas! Você por aqui?

– Eu vi que você está estudando.

– Sim. Estou vendo umas palestras sobre o sofrimento dos médiuns quando deixam a vida material após o uso indevido da mediunidade.

– E o que você está achando?

– Eu acho que tem muitas coisas exageradas, mas servem para nos instruir. De alguma forma, aprendemos com elas.

– Exagerado? Como assim?

– Muito fantasioso. Entende?

– Você gostaria de saber como realmente é a vida ou a chegada de um espírita no Umbral?

– Seria ótimo aprendermos sobre isso.

– Você sabe que há uma organização em tudo, não sabe?

– Sei sim. Deus cuida de todos os seus filhos, e em nenhum momento estamos desamparados.

– Exatamente, mas existem alguns filhos que se afastam de Deus e contrariam as Leis Naturais. Ao fazerem isso, acabam por sofrer quando chegam aos planos espirituais após a encarnação.

– Lá vem você...

– O que houve?

– Lucas, depois de mais de 30 livros psicografados ao seu lado, eu já lhe conheço um pouco.

– O que fiz? – disse-me ele espantado.

– Quando você me faz uma pergunta, eu sei que vem algo muito maior do que a resposta que você espera ouvir.

– Quantas vezes você escreveu que "colhe-se na vida espiritual o fruto da semeadura terrena"?

– Centenas, eu acho.

– Quantas vezes eu já lhe falei que nós, os mentores espirituais e demais espíritos que estão em missão sobre o orbe terreno, estamos presentes no dia a dia de vocês muito mais do que vocês imaginam?

– Escrevemos sobre isso algumas vezes, Lucas.

– Então, que tal acompanhar a vida de um espírita até a chegada dele no Umbral?

– Eu acho sensacional. Podemos escrever sobre isso?

– Sim, se desejar, estou à disposição para levar você e mostrar tudo.

– Sem palavras.

– Vamos?

– Sim, vamos.

– Então prepare tudo e me siga em desdobramento.

Aprontei tudo como solicitado e, acompanhado de Lucas, segui para o Umbral. Avisei a família que entraria em mais uma psicografia, a fim de que não me interrompessem. Desliguei meu aparelho celular e preparei o ambiente acendendo um incenso e colocando, bem baixinho, uma música de meditação. Eu gosto de me preparar para essas viagens ao astral.

Tudo pronto. Olhei para Lucas como se dissesse, através do olhar, que estava preparado para a psicografia.

– Venha, Osmar! Vamos ver o lugar onde tudo irá acontecer.

Adentramos um enorme túnel de luz branca e caminhamos lado a lado até uma região do Umbral.

Espero relatar para todos vocês o que acontece conosco quando desencarnamos. Espero que este livro ajude a compreender que somos muito mais que um amontoado de carne, ossos, músculos e sangue. Somos espíritos eternos e, se não nos educarmos, encarnaremos quantas vezes forem necessárias para a nossa perfeição.

Bem-vindos ao livro *Um Espírita no Umbral*.

> "
>
> Colhe-se na vida espiritual o fruto da semeadura terrena.
>
> "
>
> *Lucas*

O desdobramento

Como vocês sabem, meus leitores e amigos, todos os livros que escrevo, faço-o em desdobramento. Então, para você que chegou aqui pela primeira vez, vale a pena explicar um pouco sobre esse tipo de fenômeno, pois é dessa forma que me conecto com os meus mentores e psicografo todas as obras já publicadas – e outras que ainda chegaram até vocês.

Na minha infância, eu tinha muitas dificuldades para entender os fenômenos que frequentemente aconteciam comigo. Eu via espíritos constantemente, conversava com eles, brincava com alguns e, por muitas vezes, fugia de outros, pois suas aparências me assustavam (elas eram horripilantes). Eu era apenas uma criança e não conseguia compreender muito bem por que isso acontecia comigo.

Com o passar do tempo, comecei a ouvir mais os meus amigos espirituais; foi quando eles passaram a me orientar. Foi aí que compreendi o fenômeno do desdobramento. Eu me sinto um privilegiado, embora mediunidade não seja privilégio, mas uma missão a ser cumprida.

Dias desses, eu perguntei a Lucas se a mediunidade é uma doença. Ele me disse que mediunidade não é uma doença, mas que, em alguns casos, pode adoecer. Então perguntei:

– Em que casos, Lucas?

– A mediunidade pode causar doença quando mal exercida, não exercida ou desprezada.

Os espíritos me dizem que "mediunidade é um dom divino, que divinamente devemos exercer". Por isso, sempre aconselho as pessoas a estudarem muito, estabelecerem logo sua conexão espiritual de forma correta e extraírem dela os benefícios do serviço no bem.

"Tudo o que entregamos ao Universo, ele nos devolve em igual porção"

Em termos espíritas, o desdobramento é uma faculdade anímica em que o Espírito encarnado se desliga parcialmente do corpo físico e viaja até os planos espirituais. Esse processo pode ocorrer com ou sem um transe. É uma capacidade intrínseca ao ser humano, que, ao longo da evolução da espécie, desenvolveu a possibilidade de se desembaraçar do corpo material dentro de certos limites, adquirindo alguma sensação de liberdade.

A faculdade de desdobramento é muito utilizada nas reuniões mediúnicas modernas. Através da concentração dos pensamentos, o sensitivo entra numa espécie de transe, que possibilita esse desprendimento parcial do Espírito, e se coloca em condições de exercer tarefas de auxílio, sendo geralmente orientado pelos Espíritos Instrutores.

Dessa forma, muitas vezes ele é colocado em contato com Espíritos sofredores, os quais necessitam de uma palavra amiga e consoladora, ou mesmo de um tratamento através das energias do sensitivo. Essas suas energias têm uma densidade adequada a esse tipo de atendimento pela sua condição de encarnado, assim como ele poder escrever livros e mensagens de amigos do plano maior.

Apesar de muitos se referirem ao desdobramento como mediunidade, ele é um fenômeno anímico. Para usar o linguajar de Allan Kardec, é um fenômeno de emancipação da alma.

A mediunidade consiste numa intermediação entre os espíritos desencarnados e o mundo material. Desdobrar-se, grosso modo, significa "sair do corpo". Esse simples fato não o torna médium se você não se constitui em transmissor de qualquer informação enviada do plano espiritual para o ambiente terreno.

O desdobramento pode ser considerado uma espécie de mediunidade quando, durante o desprendimento, o sensitivo mantém um contato com a Espiritualidade, recebendo de lá comunicações que devem ser enviadas aos encarnados. Esse é o meu caso.

O desdobramento não ocorre apenas nas reuniões mediúnicas. Ele é fenômeno corriqueiro e acontece com as pessoas em geral, sempre que dormem. Ele é o preâmbulo do sono. Quando o corpo adormece para o necessário

UM ESPÍRITA NO UMBRAL

repouso, o espírito, parcialmente desligado do corpo, vai a diversos lugares realizar as atividades que estejam em afinidade com as suas motivações íntimas. Para entrarmos no estado de sono, antes temos que nos desdobrar, ou seja, afastar-nos vibratoriamente do corpo biológico.

A mediunidade – seja na modalidade de psicofonia, psicografia, audiência, vidência, desenho, pintura, etc. – também exige um desdobramento.

Em seu organismo, o médium tem a facilidade de, ao entrar em estado de transe, desvencilhar-se do seu corpo em maior ou menor grau, conforme as características da sua faculdade mediúnica. Isso ocorre a fim de dar, ao Espírito comunicante, a oportunidade de se assenhorear, o que é feito por meio de uma expansão dada ao seu perispírito dos implementos perispirituais e, na sequência, cerebrais do médium.

O sonambulismo, a dupla vista, a letargia, a catalepsia e o êxtase são classificados por Allan Kardec como fenômenos de emancipação da alma, tendo o desdobramento como pré-condição para acontecerem. Às vezes, como é o caso da dupla vista, esse deslocamento do espírito (sempre com o perispírito) é imperceptível, mas suficiente para fazê-lo enxergar além da realidade física presente.

Há outras situações em que o desdobramento ocorre: no coma, durante o uso de algumas drogas alucinógenas, em certos estados psíquicos classificados como catatonia e outros casos em que há um alheamento em relação ao meio externo.

Deus, na sua sabedoria e bondade, concedeu ao homem a capacidade de, vez ou outra, retemperar-se no mundo espiritual através da faculdade do desdobramento. Assim, o homem recobra parte das suas faculdades de Espírito, como se estivesse descansando da rudeza da vida na matéria, e absorve as energias mais sutis necessárias ao seu refazimento para continuar o aprendizado aqui na Terra.

Vivendo no ambiente terreno em meio às dificuldades e aos desafios diários, imerso na atmosfera densa da matéria, o homem pode se aliviar dessas lutas desacoplando-se temporariamente do organismo físico. Com isso, ele retorna ao mundo espiritual e tem contato com Espíritos esclarecidos que o orientam, direcionando-se melhor no caminho do progresso.

Eu sou eternamente grato por ter essa condição e, através dela, trazer as informações que trago nas obras psicografadas. Confesso que, por vezes, realmente me sinto como um lápis nas mãos dos espíritos. Acho muito gratificante receber as mensagens de gratidão que recebo todos os dias dos meus leitores, agradecendo por eu ser o mensageiro que instrui e esclarece muitas pessoas sobre o que realmente acontece conosco na vida após a vida.

Nesta obra, tive momentos muito difíceis, pois os lugares que visitei são de muito sofrimento, e ver sofrimento não me deixa feliz.

UM ESPÍRITA NO UMBRAL

Sempre devemos dedicar nossa mediunidade ou nossos dons oferecidos pelos mestres de luz para sermos úteis à sociedade em geral e, dessa forma, cumprir os propósitos encarnatórios.

Eu acredito, sinceramente, que tudo o que passo na vida tem objetivos evolutivos. O fato de eu ser médium não me qualifica para não passar por situações às vezes revoltantes, mas são as experiências de encarnado que me possibilitam evoluir.

Venha comigo e com Lucas vivenciar uma experiência única, a qual certamente lhe trará outro olhar sobre a vida dos espíritos e sobre como você está dirigindo sua encarnação.

Voltemos ao livro...

"

O ontem é história, o amanhã é um mistério, mas o hoje é uma dádiva, e é por isso que se chama... presente!

"

Osmar Barbosa

O Umbral

O Umbral ocupa um espaço invisível, que vai desde solo em que vivemos até alguns quilômetros de altura da nossa atmosfera. O clima no Umbral é denso e equivale a um estado que consideramos de tristeza e desespero. A densidade do lugar não permite que entre claridade. Quando é dia aqui, poucos raios de sol se atrevem a penetrar nas densas nuvens que cobrem o Umbral.

A impressão que se tem é de que o Umbral é um longo final de tarde, onde as nuvens, muito baixas, se confundem com a névoa que existe lá. À noite, não é possível ver as estrelas, e a lua aparece com a cor avermelhada entre grossas nuvens, assim como o sol, quando consegue atravessar a densidade daquele lugar.

Há várias cidades no Umbral. Existem cidades grandes, médias e pequenas, onde milhares de espíritos vagam sem perceber seu real estado. Apesar disso, há inteligências que lideram essas cidades. Ainda, há grupos de nômades e espíritos solitários que habitam pântanos, florestas e abismos. O Umbral é terrível.

A vegetação é variada, muitas vezes constituída por pouca variedade de plantas. As árvores são de baixa estatura, com troncos grossos e retorcidos com pouca folhagem. As folhas que se atrevem a nascer são negras e murchas.

Também existem áreas desertas, locais rochosos e lugares de vegetação rasteira, composta por ervas e capim. Um capim escuro que não temos por aqui. Há, ainda, alguns animais sem uma forma definida.

Lucas aproveitou que eu estava muito curioso e me mostrou alguns tipos de animais e aves desprovidos de beleza. Todos são negros.

No Umbral, eu pude ver algumas montanhas, vales, rios, grutas, cavernas, penhascos, planícies, regiões de pântano e todas as formas que podem ser encontradas na Terra.

Como os espíritos sempre se agrupam por afinidade (igual a todos nós aqui no plano físico), ou seja, conforme o nível vibracional, existem inúmeras cidades habitadas por espíritos semelhantes. Algumas cidades são mais organizadas e limpas do que outras, mas todas estão sob o céu negro do Umbral. Seres horríveis vagam pelas estradas escuras.

Pode-se se perguntar: "Por que é permitido que exista essa estrutura negativa de tanto sofrimento? Por que Deus permite isso?". Deus nos permite tudo, Ele nos deu o livre arbítrio. O homem tem total liberdade para fazer tudo de ruim ou tudo de bom. Quando faz ou constrói algo de ruim, acaba prejudicando a si, e aos poucos, com o passar de anos ou séculos, vai aprendendo que o único caminho para a libertação do sofrimento e para a felicidade plena é a prática do bem.

A vida na Terra e a vida no Umbral funcionam como grandes escolas, onde aprendemos no amor ou na dor. Ninguém vai para o Umbral por castigo, ninguém está destinado a esse sofrimento: somos atraídos para o Umbral pela vibração que apresentamos no momento do desenlace.

A pessoa vai para o lugar que melhor se adapta à sua vibração espiritual no momento do desencarne ou àquilo que carrega dentro de si. Quando deseja melhorar, existe quem ajude; quando não deseja melhorar, fica no lugar que escolheu.

Um dia, todos que sofrem no Umbral são resgatados por espíritos do bem e levados para tratamento, a fim de que melhorem e possam viver em planos de vibrações superiores.

Existem muitos que ficam no Umbral por livre e espontânea vontade, aproveitando-se do poder e dos benefícios que acreditam ter em seus mundos. "Tudo se assemelha", Lucas me dizia enquanto caminhávamos em direção ao local onde tudo começaria.

No Umbral, existem várias equipes de socorro. Algumas ficam trabalhando nas zonas de sofrimento, e outras nos diversos postos de socorro que existem em cada núcleo do Umbral. Tudo é muito organizado.

Os postos de socorro se encontram espalhados pelas diversas regiões sombrias do Umbral. Esse local de ajuda é semelhante a um complexo hospitalar e, normalmente é vinculado a uma colônia espiritual de nível superior. Nesses postos, encontramos espíritos missionários vindos de regiões mais elevadas. Eles trabalham na ajuda aos espíritos que vivem nas cidades e regiões do Umbral que estão à procura de tratamento ou orientação. Alguns precisam de refazimento perispiritual e são levados para outras unidades de tratamento espalhadas nas colônias espirituais.

Quando o espírito ajudado desperta para a necessidade de melhorar, crescer e evoluir, é levado para uma colônia ou para uma cidade espiritual. Lá ele é tratado e passa o tempo estudando e realizando tarefas úteis para si e para o próximo.

Quando se sentem incomodados e mergulhados em sentimentos como ódio, vingança e revolta, acabam voltando espontaneamente para os lugares de onde saíram. Continuamos sempre com nosso livre arbítrio. Tudo é pensamento e atitude. Se tens bons pensamentos e boas atitudes, estará sempre em bom lugar; ao contrário, atrai aquilo que sente e deseja. É uma região purgatória, como nos explicam os espíritos amigos que trabalham nessa região.

Os postos de socorro não são cidades, mas alguns deles têm grande dimensão, assemelhando-se a uma pequena cidade no meio do Umbral. Muitos desses postos ficam nas regiões periféricas do Umbral, e alguns se encontram dentro das cidades do Umbral.

Vistos à distância, são pontos de luz e de beleza no meio do aspecto triste, escuro, frio e nebuloso que compõe as paisagens naturais do Umbral.

Os postos de socorro são constantemente procurados por pessoas desesperadas e perdidas no Umbral, que querem abrigo e ajuda. Lucas disse que os espíritos que vivem no Umbral ainda estão muito ligados ao mundo material; por isso, sofrem no Umbral.

Alguns desses postos de socorro ficam numa região transitória entre a Terra e o Umbral. É um lugar que eles chamam de transição. Uma colônia, assim podemos chamar.

Esses são destinados a socorrer e orientar espíritos recém-desencarnados. Pessoas que acabam de morrer costumam ficar totalmente desorientadas; muitas nem sabem que estão mortas. É fácil imaginar o sentimento horrível e a loucura que uma pessoa nessa situação pode passar.

No mundo invisível, esses postos se localizam exatamente onde estão hospitais, cemitérios, sanatórios, presídios, igrejas, centros espíritas, etc. É nesses locais que se pode encontrar os espíritos de pessoas que acabaram de desencarnar ou que estão procurando por algum tipo de ajuda.

São construções energéticas que, para os espíritos naquela frequência, são tão sólidos quanto os objetos desta nossa dimensão terrestre.

Os espíritos mais sutis atravessam esses ambientes porque são mais rarefeitos, mas naquela dimensão, para quem está lá, os objetos são tão densos quanto os daqui são para nós.

A pessoa se vê num ambiente propício para receber recém-desencarnados, onde o que sobrou do cordão de prata é rompido. Após a morte, a pessoa acorda num hospital extrafísico – não porque esteja doente, mas para romper essa conexão. Esses hospitais são locais de transição.

Dali, ela passa para a dimensão correspondente ao seu nível. Os laços, após desfeitos, libertam o espírito para seguir seu destino.

Nossos pensamentos e emoções se plasmam energeticamente em nossa aura, em nosso corpo perispiritual. Assim, nós somos a somatória do que pensamos, sentimos e fazemos durante a vida.

A cada noite, quando nos desprendemos para fora do corpo físico, o corpo espiritual carrega a vibração de tudo o que ocorreu naquele dia. Na hora da morte, a vibração do corpo espiritual, ou seja, nosso perispírito, é a soma de tudo que você pensou, sentiu e fez durante uma vida inteira.

Pode-se dizer que cada pessoa que desencarna carrega consigo um campo vital contendo tudo o que ela é, resultado de tudo o que desenvolveu e fez em vida. Quem tem uma vibração 'x' no corpo espiritual após a morte, é atraído para o plano extrafísico de uma dimensão 'x', compatível com a vibração que porta.

O plano espiritual é dividido em subdimensões. Muitos as dividem em sete níveis, outros, em três. Os que dividem o plano espiritual em três níveis fazem da seguinte maneira: plano astral denso, plano astral médio e plano astral superior.

No plano astral denso, estariam as pessoas complicadas. Seria o chamado Umbral, o Inferno. O plano astral médio seria onde se encontram as pessoas medianas, ou seja, aquelas iguais a nós. Na verdade, é onde estamos atualmente. E o plano astral superior seria o Paraíso do Espiritismo, onde estão as cidades espirituais as colônias.

E o lugar que os espíritas chamam de Umbral? A palavra Umbral significa muro, e refere-se à divisória entre o plano terrestre e o plano astral mais avançado. É uma divisória vibracional, que quem tem o corpo espiritual denso não atravessa. É como uma peneira vibracional.

Uma vez, a Nina me disse que "Inferno e Paraíso são portáteis", você os carrega dentro de si. Se estiver bem, o Paraíso está dentro de você. Quando você sai do corpo nessa condição, você é atraído automaticamente por uma vibração semelhante à que existe em seu interior. A passagem para o Paraíso está dentro de nós.

Com o Inferno, é a mesma coisa: é um estado íntimo. Veja uma pessoa cheia de auto culpa e compare com aquela imagem clássica do diabo colocando alguém dentro da caldeira e espetando. A auto culpa espeta mais do que qualquer diabo, porque nem é preciso o Inferno vir de fora: ele já está dentro, e o diabo é você mesmo. Nosso paraíso é portátil, pois o levamos dentro de nós.

O Umbral é uma região muito pesada porque reflete o estado íntimo de quem lá está. Você encontra lugares que lembram abismos e cavernas escuras, tudo exteriorizado do subconsciente dos espíritos, como formas mentais. Quando você olha no fundo desses abismos, vê que está cheio de espíritos, mas eles não voam, são densos.

No plano espiritual, você encontra favelas e cidades medievais. Os espíritos vivem presos a formas mentais, das quais, muitas vezes, é difícil de escapar. São esses espíritos que os seres evoluídos buscam ajudar nessas dimensões.

Eu já estive no Umbral em diversas oportunidades, sempre ao lado de Lucas e guardiões. Não se deve ir ao Umbral desacompanhado, pois não estamos preparados para interagir com as densas energias de lá.

Quando psicografei o livro *O Diário de um Suicida* ao lado de Lucas, fiquei muitos dias desdobrado dentro das regiões mais profundas do Umbral. Inclusive, boa parte da psicografia aconteceu no Vale dos Suicidas, local de extremo sofrimento, onde pude ver a dor do outro em profundidade.

Quando psicografamos o livro *Acordei no Umbral*, pude acompanhar, novamente ao lado de Lucas, o sofrimento de um dirigente espírita de nome Elias, um homem que desperdiçou uma linda oportunidade, desprezando os ensinamentos e as orientações espirituais que recebia todos os dias.

Agora, volto ao Umbral para escrever este livro. Espero, sinceramente, que seja uma boa obra e auxilie todos aqueles que estão envolvidos direta ou indiretamente com a religião espírita.

Uma coisa é certa e quero aproveitar este espaço para dizer: todos nós passaremos pelo Umbral, meus irmãos. Vivemos num plano intermediário entre os Umbrais, o superior e o inferior, e isso nos alerta que o plano em que vivemos é parte do Umbral. Estamos nele.

Nossas atitudes, nossos pensamentos e nossas decisões, muitas vezes inoportunas e impensadas, nos levam a essas regiões após nosso desencarne.

Eu me lembro que uma vez Chico Xavier estava com um grupo de senhoras realizando um estudo e uma delas perguntou a ele de onde viemos. Categoricamente, Chico disse: "todos nós viemos do Umbral".

Foi quando a senhora disse: "tudo bem que nós viemos do Umbral, mas você, Chico, você não veio de lá".

Ele imediatamente a advertiu: "Eu também vim do Umbral, todos nós viemos do Umbral".

Assim, meus caros leitores e amigos, viva seu Umbral intensamente e extraia das experiências terrenas, desse Umbral médio, o que você puder para não sucumbir a encarnação e se ver nos piores lugares... nas profundezas do Umbral.

Vamos à psicografia...

> "Todos os dias recebe uma página em branco no livro da vida. O que é que você está escrevendo?"
>
> *Osmar Barbosa*

Moisés

Após o Lucas ter me levado ao Umbral para escrever tudo o que relatei para vocês, ele me levou a um lugar sombrio, onde havia uma fazenda abandonada. Eu estranhei muito aquele lugar. No primeiro momento, eu não sabia se estava ainda no Umbral ou se já estávamos em outro lugar. Eu estava muito curioso e precisava saber que lugar era aquele. Foi quando me enchi de coragem e perguntei:

– Que lugar é esse, Lucas?

– Estamos, na verdade, visitando o passado do personagem do nosso livro.

– Qual é o nome dele?

– Moisés.

– Ele viveu nessa fazenda?

– Olhe...

Naquele momento, tudo se transformou em nossa frente. O que era Umbral se tornou uma linda propriedade com muitas pessoas, animais, árvores e plantações. Um lugar majestoso. Vários empregados cuidavam dos animais e da plantação de café. Era época de colheita e todos estavam felizes no trabalho.

Chegamos a uma linda e luxuosa casa que, na verdade, era a sede da fazenda. Nela, havia uma mulher grávida sentada na varanda olhando para todos os empregados. Ao passarem por ela, a cumprimentavam sempre com um sorriso.

Um homem muito bem vestido se aproximou e a cumprimentou.

– Marta.

– Sim, meu amor.

– Você está bem?

– Sim, apesar de estar muito ansiosa com a chegada de nosso filho.

– É por isso que hoje eu não vou olhar a colheita. Acho que preciso ficar mais tempo ao seu lado.

– Meu amor, não se preocupe com isso, toda mulher fica ansiosa quando a hora do parto está próxima.

– Mas eu me preocupo com você, afinal é nosso primeiro filho. Também estou ansioso, principalmente para saber o sexo do meu herdeiro.

– Eu sei de sua preferência, meu amor.

– Eu preciso deixar tudo o que construí com muito sacrifício, você sabe que por isso prefiro que nosso primeiro filho seja um menino. Ele herdará nossa propriedade e as plantações. Quero fazer dele um grande homem.

– Mas e se for uma menina?

– Vou amá-la do mesmo jeito, mas continuaremos tentando até que venha um homem. O trabalho do campo e da fazenda exige força, e as meninas devem se dedicar a outras coisas. Vocês nasceram para serem mimadas, não para o trabalho duro que uma propriedade como esta exige.

– Deixe de ser preconceituoso, meu amor.

– Não se trata de preconceito e sim de amor por minha filha. Se for uma menina, será criada como uma princesa; se for menino, será preparado para o trabalho na roça, cuidar do gado, das plantações e tudo o que se exige de um trabalhador.

– Oro a Jesus para que seja um menino e você fique em paz, querido.

– Eu também tenho orado nesse sentido, Marta! Eu ordenei que tragam as parteiras. A partir de hoje elas vão dormir aqui na fazenda. Não quero que você sofra na hora do parto.

– Eu agradeço muito a sua preocupação, Josué.

– Venha, vamos nos sentar na outra parte da varanda, venha olhar a nossa colheita. Graças a Deus, este ano não tivemos muita perda, e a safra vai nos trazer muito dinheiro.

– Você é um homem muito inteligente e trabalhador. Não merecia nada diferente do que está colhendo.

Marta e Josué se dirigiram ao outro lado da grande varanda e se sentaram novamente. Ficaram olhando os empregados espalharem os grãos de café para secagem no terreiro na frente deles.

O dia ensolarado é um convite à reflexão e todo o ambiente é propício à paz e ao equilíbrio. Trata-se de um lugar iluminado, onde todos são muito felizes.

Marta sentiu uma forte pontada. É hora do bebê nascer.

– O que houve Marta? Você está pálida...

– Estou sentindo umas pontadas. Me leve para dentro Josué, por favor!

Imediatamente, Josué levou Marta para o quarto do casal e a colocou na cama gentilmente.

Nervoso, ele corre para chamar as empregadas da casa. Logo, as parteiras de prontidão se encaminharam para o quarto. Era hora da chegada do filho ou filha de Josué e Marta.

A notícia correu rápido na fazenda e todos ficaram eufóricos com a chegada do primeiro filho do casal, tão querido por todos.

Toda a redondeza foi avisada. Nascia o filho do fazendeiro mais rico da região. Nascia o filho de Josué.

OSMAR BARBOSA

A noite adentrou e finalmente a parteira principal, chamada Eufrásia, chegou à sala trazendo em seus braços o tão esperado bebê.

Josué se levantou assustado e olhou fixamente para a mulher.

– Nasceu?

– Sim, doutor.

– É menino ou menina?

Naquele momento, Eufrásia entrega o neném ao colo de Josué e diz:

– É um lindo e forte menino.

Josué não consegue esconder a alegria.

– Obrigado, Deus, por me dar o filho tão desejado!

Ele pegou o menino em seu colo e ficou olhando para o rostinho ainda sujo do filho tão esperado.

– E como está a Marta?

– Ela está bem, um pouco cansada, mas isso é normal. Fique com o seu filho um pouco que vou terminar o serviço – disse Eufrásia, deixando a sala.

Josué se sentou com muito cuidado, pois tem em seus braços o recém-nascido, lindo e delicado. Ele ficou olhando o bebê como se recebesse a maior fortuna da vida.

– Eu prometo fazer de você um grande homem, meu filho. Você herdará todas as minhas terras. Serás um grande homem. Você vai se chamar Moisés, como o Moisés da bíblia, que nos ensinou muito e foi um grande enviado de Deus à Terra.

No ambiente em que Josué e seu filho estavam, não havia mais ninguém, exceto dois mentores de luz que acompanharam o nascimento da criança. Era uma jovem e um senhor.

– Está consumado – disse a jovem que estava acompanhada do homem de cabelos brancos.

– Sim, agora acompanharemos essa oportunidade evolutiva. Esperamos que tudo corra dentro do planejado – disse o homem.

– Estaremos ao lado dele para orientá-lo no que for necessário para que tudo se cumpra – disse a mentora espiritual.

– Quem são, Lucas? – perguntei.

– A jovem é a mentora espiritual do espírito que acaba de reencarnar. O senhor que você vê ao lado dela é o orientador.

– Orientador?

– Sim, todos nós, mentores espirituais, quando somos iniciados na mentoria, recebemos um treinamento e somos acompanhados durante um período por nosso tutor.

– Que legal! Quer dizer que podemos ser mentores espirituais de alguém?

– Não é bem assim que funciona.

– Como funciona, Lucas?

– É necessário haver algum tipo de ligação entre você e o mentoreado.

– Como assim, relação?

– É preciso haver um vínculo com o espírito ao qual você quer se ligar.

– Ah, entendi. Quer dizer que eu posso ser mentor, mas preciso ter algum vínculo com aquele que eu vou ajudar: É isso?

– Exatamente. Nos ligamos uns aos outros mutuamente através de vínculos. Esses vínculos podem ser espirituais, afetivos, morais ou filantrópicos, quando atingimos um estágio espiritual de perfeição.

– Agora você confundiu minha cabeça.

– O que houve?

– Espirituais, afetivos, morais ou filantrópicos? Como assim?

– Os vínculos espirituais são os compromissos que você assume espiritualmente com outros espíritos, a fim de auxiliá-los a evoluírem. Como exemplo, podemos falar dos apóstolos, dos missionários e tantos outros que vêm à Terra simplesmente como missionários e, através do seu trabalho, cargo, posição social ou daquilo que realizam, auxiliam multidões de espíritos a evoluírem.

Os afetivos ocorrem quando você está ligado a outro espírito através do amor que foi construído durante as encarnações que você viveu ao lado daquele espírito, com o qual você compartilha em todas as encarnações. Esse é o tipo mais comum por aqui. Alguns chamam isso de alma gêmea ou espíritos afins. Eles seguem juntos, evoluindo sempre.

Os vínculos morais se referem aquando você faz mal a alguém em alguma encarnação. Daí você pode ser mentor para, através da mentoria, reparar o erro cometido e se ajustar com seu desafeto a fim de terminar definitivamente um carma. É muito importante que todos saibam diferenciar justiça de vingança.

– Como assim, Lucas?

– Deus não castiga nenhum de seus filhos, muito menos se vinga. O que ocorre é que, através das oportunidades, reparamos nossos erros. Nem sempre quem mata tem que morrer para se ajustar à sua vítima. Muitas das vezes (e é muito comum), os desafetos encarnam juntos para exercitarem o amor e, através do amor e do perdão, ajustarem as faltas das vidas passadas. Isso é o mais correto. Você não acha?

– Sem sombras de dúvidas, a maneira mais correta de nos ajustarmos é nos perdoando e nos amando.

– Vamos prosseguir?

– Sim, vamos em frente.

– Para finalizar, nos ligamos a outros espíritos por filantropia, que é quando, voluntariamente, você se candidata a ser mentor de algum espírito que não tem mentoria e precisa de auxílio na encarnação para evoluir. É muito importante que vocês saibam que, para conseguir ser mentor espiritual por filantropia de algum espírito com o qual não se tem ligação, é necessário ter adquirido a condição de espírito puro.

– Como Deus é perfeito, meu Deus...

– Todos os espíritos recebem oportunidades infinitas para evoluir, e uma das mais comuns, Osmar, é a mentoria.

– Quer dizer que, se alguém não tiver um espírito ligado a si para ser o seu mentor espiritual, eu posso me voluntariar para ajudar esse irmão a suportar as provas evolutivas pelas quais ele precisará passar na encarnação para evoluir? É isso?

– Exatamente. Lembrando que você tem que ter adquirido a condição de espírito puro.

– Então temos uma ligação?

– Temos uma ligação? Como assim, Osmar?

– Eu e você: nós temos uma ligação?

– Óbvio que sim.

– E qual é nossa ligação, Lucas?

– Eu uso da sua mediunidade para escrever livros.

– Somente isso?

– Temos uma ligação muito antiga, mas eu não posso te contar agora.

– Por quê?

– Existem coisas que vocês só poderão saber quando estiverem desencarnados. O mundo dos desencarnados, embora se assemelhe, é muito diferente do mundo dos encarnados. Você sabe disso?

– Sim, eu sei que estamos em ambientes totalmente diferentes.

– Por esse motivo tem coisas que vocês ainda não estão preparados para saber.

– Mas por que esse mistério, Lucas?

– Porque algumas coisas podem interferir em seu livre--arbítrio e não temos permissão, muito menos o direito, de interferir em sua vida. Sugestionar nosso protegido é uma coisa; interferir é outra bem diferente.

– Você pode nos explicar isso melhor?

– Olha, eu posso sugestionar você, e todos os mentores fazem isso o tempo todo com os nossos protegidos. Sabe aquela voz que fica martelando na sua cabeça uma coisa boa que você deve fazer? Ou algo que, embora você não entenda no primeiro momento, aquela voz fica insistindo para você fazer?

– Sei.

– Somos nós, os mentores, sugestionando a fazer algo que vai reparar uma falta anterior ou vai elevar você aos olhos da Criação. Isso é sugestionar, e é somente isso que temos permissão para fazer. Interferir, não podemos.

– Por que vocês não podem interferir em nossas vidas para nos ajudar a evoluir mais rápido?

– Porque, quando interferimos, deixamos de ser mentores e passamos à condição de obsessores. Esses, sim, interferem o tempo todo na vida de vocês.

– Quer dizer que, quando o pensamento não é bom, é coisa de obsessor?

– Exatamente. Bons pensamentos, boas companhias, maus pensamentos, más companhias. E para que você passe pela encarnação de forma melhor, basta não dar ouvidos aos pensamentos ruins. Orai e vigiai, sempre...

– Obrigado por seus ensinamentos, Lucas.

– Não tem de quê.

– Essa menina que está aqui será a mentora espiritual de Moisés?

– Sim, ela mesma.

– Ela foi treinada para isso?

UM ESPÍRITA NO UMBRAL

– Na verdade, ela não foi treinada, essa palavra é humana demais para nós. Ela está sendo preparada e instruída para ser a mentora espiritual do Moisés. É o Germano que está preparando ela.

– Germano é esse senhor ao lado dela?

– Sim. Eles são da Colônia Espiritual Laços Eternos.

– É essa Colônia que treina os mentores espirituais?

– Em todas as Colônias Espirituais, há um setor para o treinamento de mentores espirituais.

– Em todas as Colônias?

– Sim, pois em todas são recebidos espíritos que precisam reencarnar. Aí, tudo é organizado para que o assistido não reencarne desamparado.

– Entendi. E agora, Lucas, o que iremos fazer?

– Agora vamos dar um salto no tempo e você poderá acompanhar a vida de Moisés com uma idade mais avançada.

Moisés passa correndo pela sala em direção ao quarto.

– Mãe, mãe!

– Estou aqui, Moisés.

O rapaz entrou no quarto onde Marta estava arrumando uma pilha de roupas nas gavetas de uma cômoda.

– Mãe!

– O que houve, meu filho?

58

– Você viu o que ele ordenou aos capatazes?

– O que seu pai fez, filho?

– Ele ordenou que eles sacrifiquem as vacas mais antigas.

– E qual é o problema, Moisés, em sacrificar os animais que não produzem mais conforme as necessidades da fazenda?

– Elas já deram muito lucro para nós. Não é justo serem assassinadas no final da vida.

– Meu filho, eu compreendo o seu amor pelos animais, mas é assim desde a antiguidade. Os animais que baixam a produção servem de alimento para todos na fazenda.

– Mas, mãe, não precisa mais ser assim.

– Quando você assumir os negócios do seu pai, será o responsável pelas decisões. Enquanto isso não acontece, obedeça às ordens dele.

– Eu não vou obedecer mais ao meu pai. Estou cansado das barbaridades que ele comete aqui.

– Moisés, não contrarie seu pai. Vocês já não se dão muito bem...

– Eu jamais me darei bem com o meu pai, pois não concordo com nada do que ele faz, mãe.

– Mas meu filho, seu pai é um homem muito inteligente e trabalhador. Tudo o que temos foi conquistado através do trabalho e das negociações que ele fez durante toda a vida.

– Os tempos são outros, mamãe.

– Deixe de ser teimoso, Moisés, você já vai fazer 18 anos. Daqui a pouco ele vai passar a administração da fazenda para você, daí você muda as coisas e faz do seu jeito. Por ora temos que aceitar tudo o que ele faz.

– Se eu tivesse irmãos, nada disso estaria acontecendo.

– Eu não pude mais ter filhos depois que você nasceu... Tive algumas complicações depois do parto e você sabe perfeitamente que nada podemos fazer.

– Eu não estou culpando a senhora, mãe. É que eu acho que, se eu tivesse outros irmãos, poderíamos pressionar o papai a fazer as coisas certas.

– Seu pai sempre fez as coisas certas. Confie nele.

– Isso é o que a senhora acha.

– Eu não vou discutir mais com você. Você ainda é uma criança para mim.

– O dia que eu assumir os negócios da família, eu te prometo, tudo vai mudar.

– Nesse dia eu não quero estar aqui, pois você é um ingrato.

– Não me ofenda, por favor, mamãe,

– Eu não estou ofendendo você, só não sei de onde vem tanta ingratidão conosco. Sempre fizemos todas as suas vontades e parece que você não é feliz. Parece que você não pertence a esta família.

Moisés virou as costas e saiu do quarto, deixando Marta muito triste.

Durante o jantar à noite, Josué percebeu que Marta estava triste. Moisés permanece calado à mesa.

– Está tudo bem, Moisés?

– Sim, meu pai.

– Você me parece contrariado.

– Está tudo bem, papai.

– E você, Marta, por que está com essa cara?

– Não é nada querido, só estou um pouco cansada, só isso...

– Me parece que você está aborrecida. Aconteceu algo que lhe contrariou? Alguma empregada, alguma coisa? Vocês estão me escondendo algo?

– Está tudo bem, meu amor, só estou um pouco cansada. Nada mais que isso. Já disse, é só cansaço.

– Pois amanhã vou sair cedo, Vou ao mercado central negociar algumas cabeças de gado. Você que ir comigo, Moisés?

– Posso, sim, meu pai.

– Então acorde cedo. Sairemos às cinco horas da manhã, os peões já estão avisados e o gado separado. Sairemos bem cedo.

– Estarei acordado, meu pai.

Após o jantar, Marta e Josué se dirigiram ao quarto deles após o licor digestivo.

– O que está acontecendo, Marta? Por que você está com essa cara?

– É a ingratidão do nosso filho que me deixa assim.

– O que ele aprontou dessa vez?

– Ele não fez nada, eu só acho que Deus não nos presenteou com um bom filho.

– Não diga isso, Marta... Ele é apenas um menino que mal sabe o que é a vida.

– Há algo nesse menino que não sei explicar. Coração de mãe não se engana, Josué.

– Não diga isso querida. Quer que eu converse com ele?

– Não é nada que uma conversa resolva. Tenho fé em Deus que o tempo há de melhorar o nosso filho.

– Mas como assim? Ninguém escapa de uma boa conversa, meu amor.

– A questão do Moisés não é conversa, é caráter, Josué Caráter...

– Você acha mesmo que ele é mau caráter?

– Eu nem sei o que dizer. Ele é meu filho e eu sequer tenho o direito de pensar que ele seja assim. Perdoe-me, querido, estou de cabeça cheia... vou dormir.

– Amanhã durante a viagem teremos muito tempo para conversar. Eu prometo a você que vou ter uma conversa com ele e tudo isso vai passar. Ele só tem 17 anos. É comum os jovens serem assim, meu amor.

– Deus queira que eu esteja enganada.

– Você está é muito preocupada com as bobagens que ele diz. Só isso.

– Deus lhe ouça, meu amor.

– Agora, vamos dormir. Eu tenho que estar na estrada bem cedo.

– Vamos sim.

Ambos trocaram as roupas, se deitaram e dormiram. No dia seguinte, às cinco horas, todos já estavam prontos para seguirem até o mercado central, que fica a cerca de três horas e meia de cavalgada.

Animais, vaqueiros, empregados, capatazes. Todos seguem pela estrada em direção ao mercado onde cerca de 50 animais serão vendidos por Josué, que está montado em seu lindo cavalo. Ao seu lado, Moisés está montado numa égua de raça pura.

Forte temporal se anunciava no horizonte. Cavalgando rapidamente, Gerônimo se aproximou de Josué e conversou com o patrão.

– Com licença, patrão, mas acho recomendável voltarmos para a fazenda, pois forte temporal se anuncia à nossa frente.

– O que houve, Gerônimo? Está com medo de chuva?

– Patrão, os animais podem se assustar e teremos muito trabalho para juntar todos novamente. Há indícios de raios e trovões, assustando muito os animais.

– Não se preocupe. Avise a todos que continuaremos a viagem. Tenho compromissos marcados e não podemos faltar.

– Sim, senhor – diz o capataz se dirigindo a todos e avisando que a cavalgada vai continuar.

Pouco tempo depois, uma forte chuva começou a cair sobre a caravana. Os animais, assustados, já não obedeciam mais ao comando dos capatazes. Josué e Moisés se empenharam em ajudar a juntar o rebanho, mas a chuva era intensa e quase não era possível ver mutuamente.

Raios e trovões assustavam os animais. Uma correria se instalou no grupo, quando um raio caiu muito perto do cavalo de Josué, que foi ao solo após o animal empinar e derrubá-lo ao chão.

Moisés assiste a tudo e fica olhando seu pai caído ao solo. Foi quando o capataz Gerônimo correu em socorro a seu patrão. Gerônimo desceu do cavalo e tentou reanimar Josué. Moisés, ao lado, assiste a tudo sem nada fazer. Ele sequer desceu da égua para socorrer seu pai.

Em pouco tempo, Josué estava morto. Embora os empregados tivessem tentado de tudo para auxiliá-lo, seu filho nada fez para ajudar o pobre pai, que morreu atingido por uma descarga elétrica proveniente do raio que caiu muito perto dele, matando, inclusive, seu lindo cavalo, que ficou ali ao seu lado, sem vida.

– Ele está morto – disse Gerônimo.

– Coloque o corpo dele na carroça e vamos voltar para a fazenda – ordenou Moisés friamente.

Os empregados, chocados com o que presenciaram, nada disseram. Apenas obedeceram às ordens do novo patrão que o destino acabara de lhes entregar.

Uma enorme tristeza envolveu todos na fazenda; afinal, Josué era muito querido. Marta sofreu muito com a perda do companheiro e via a frieza de seu filho, que agora se tornava o dono de toda a propriedade e da riqueza da família.

O tempo deixa feridas que demoram a cicatrizar...

Tudo é amor.
Até o ódio, que julgas ser a antítese do amor,
nada mais é senão o próprio amor que adoeceu
gravemente.

André Luiz

Depois

Era noite de palestra e passe. O centro espírita estava cheio como sempre. Moisés se preparava para mais uma palestra, e o tema escolhido foi o perdão.

– Moisés, Moisés!

– O que houve, Margarida?

– Você já viu lá fora como está cheio hoje?

– O Fernando já veio aqui me contar. É o fruto de nosso amor e dedicação ao outro que traz tantas pessoas ao nosso convívio, minha irmã.

– Estou nervosa... É muita gente para atendermos. Será que daremos conta?

– Tenha calma, confie em nossos mentores. Tudo ficará bem!

– Eu nunca havia presenciado tanta gente nos procurando.

– É sinal de que estamos fazendo a coisa certa. Não acha?

– Sim, nosso trabalho finalmente está sendo reconhecido. Eu fico muito feliz por estarmos focados em nosso trabalho caridoso e conseguirmos ajudar tantas pessoas.

UM ESPÍRITA NO UMBRAL

– Como diz sempre nossa mentora: *"a tarefa do amor colhe frutos no tempo certo"*.

– Verdade! Como é bom o convívio com os espíritos, com os nossos mentores e amigos da casa espírita.

– Eu que o diga.

– Sua história de vida é um exemplo claro que todos deveriam seguir, meu irmão.

– Não vamos falar de mim. Vamos receber todos com carinho e atenção. Se puder, prepare as garrafinhas de água fluidificada para serem distribuídas no final do encontro. Isso nos ajudará na saída para não haver tumulto.

– A Madalena já está incumbida de cuidar da água. De qualquer forma, vou procurar o que fazer para ajudar.

– Vejo que estão todos atarefados e você pode ajudar muito.

– Perdoe-me, Moisés, eu nem percebi que o irmão precisa ficar sozinho para se concentrar para a palestra.

– Costumo ficar alguns minutos em oração em minha sala antes das palestras. É assim que sou auxiliado por minha mentora espiritual no cerne da questão que apresentarei na oratória.

– Peço-te perdão pela intromissão, mais uma vez.

– Não se desculpe. Vá até o salão e dê atenção a nossos convidados. Já estou indo.

68

– Obrigada pelo carinho, Moisés.

– Eu é que agradeço, irmã Margarida.

A jovem deixou a sala da diretoria onde Moisés estava sozinho em prece. Foi quando percebi a chegada da mentora espiritual do Moisés.

Eu estava ao lado de Lucas, observando e escrevendo, sem nada perguntar. Os leitores dos meus livros sabem que não deixo as oportunidades passarem. Sempre que vejo algo de que posso extrair algum ensinamento, questiono Lucas a fim de tirar dele o que nos faz melhor. E essa oportunidade, de forma alguma, eu não poderia deixar passar.

– Lucas, o que houve com a mentora do Moisés?

– Como assim?

– Ela está mais iluminada do que antes.

– É isso que nos acontece quando a tarefa exigida encontra êxito.

– Como?

– Quando somos destinados a mentorear algum espírito, a nossa condição espiritual é melhorada com o passar do tempo conforme o sucesso da tarefa. O mesmo ocorre quanto fracassamos.

– Quer dizer que, se o seu trabalho como mentor espiritual estiver sendo feito da forma correta, você melhora espiritualmente?

– Sua condição espiritual melhora. Seu corpo espiritual se torna mais sutil e, tornando-se mais sutil, você passa a ter acesso a planos espirituais mais sutis. Essa é a recompensa do trabalho dedicado ao outro.

– Deixa eu tentar entender, Lucas.

– Vamos lá.

– Se eu aceitar ser mentor de alguém e esse alguém conseguir se melhorar, eu melhoro minha condição espiritual. É isso?

– Exatamente. O fruto do trabalho é a evolução. A dedicação, a mentoria, o amor, os ensinamentos, a proteção e o carinho: tudo isso é recompensado na forma energética, a qual lhe permite ter condições de adentrar planos superiores através da melhora perispiritual que você conquistou.

– Colheita?

– Exatamente. Todos os espíritos, quando adquirem um certo nível intelectual, percebem que a evolução está disponível para todos. Também percebem que, para evoluir, basta se compreender como espírito eterno e buscar ascender aos planos superiores, que é onde está a perfeição.

Para adentrar esses planos, existem muitas formas, e uma delas é sendo mentor espiritual de algum irmão. Assim, ao se dedicar à tarefa e obtendo êxito no trabalho caridoso, seu corpo espiritual, ou seja, seu perispírito, vai se tornando mais sutil e, sendo mais sutil, lhe será permitido adentrar planos mais sutis. Entende?

– Entendi. Então é por isso que todos nós temos um mentor espiritual?

– Exatamente. Mesmo que você não tenha vínculos com nenhum espírito, lhe será apresentado um irmão espiritual que terá a tarefa de lhe ajudar durante a sua evolução.

– Posso chamar isso de anjo da guarda?

– Chame como quiser. O importante é que você saiba que ele existe e que você pode extrair muitos benefícios do seu mentor espiritual.

– Sério?

– O que estamos fazendo?

– Verdade. Eu sou muito grato por todas as oportunidades que tenho ao lado de vocês.

– E outra coisa. Você pode ter muitos mentores em uma só encarnação. Você sabia disso?

– Meu Deus!

– Quantos mentores você tem, Osmar?

– Deixa eu contar... pelo menos uns cinco, que eu lembre assim de pronto.

– Isso, está vendo... Basta você estar em sintonia conosco que os outros se aproximam e permanecem ao seu lado. O que todos precisam compreender é o seguinte: eu, por exemplo, não sei tudo, não estou capacitado para auxiliar você em todas as tarefas pelas quais precisa passar para evoluir. Por isso, somos diferentes: nenhum espírito é igual ao outro ou tem conhecimento de tudo. Você precisa de outros mentores que conheçam aquilo que eu não conheço e, assim, vamos nos ajudando no processo evolutivo. Eu evoluo, você evolui e os outros mentores evoluem. Todos ganham com essa oportunidade. Entende?

– E eu achando do meu mentor sabe tudo.

– Claro que não. O que você faz quando a geladeira de sua casa queima ou apresenta um problema?

– Eu chamo um técnico em geladeira.

– Por que você faz isso?

– Porque eu não entendo nada de geladeira.

– E você acha que é diferente aqui quando você está numa situação que desconheço?

– Meu Deus... Sério que é assim Lucas?

– Você acha mesmo que os mentores sabem tudo? Se soubéssemos tudo, não estaríamos aqui.

– Eu pensei que, pelos tempos que vocês se encontram na espiritualidade, saberiam de tudo.

– Quem nos dera ter todo esse conhecimento. A cada um, segundo suas obras... Lembra?

– Sim, me lembro. Então como funciona, Lucas?

– Para cada situação que você passa, é necessário um suporte adequado. Simples assim. Quando não sabemos como ajudar em determinadas situações, pedimos ajuda. Assim, outros espíritos recebem oportunidades evolutivas e seguimos evoluindo juntos.

Osmar, você tem ideia de quantos espíritos estão na vida espiritual?

– Espíritos desencarnados?

– Sim.

– Dizem que, para cada encarnado, há na vida espiritual 7 espíritos esperando por oportunidades evolutivas.

– E quantos estão encarnados atualmente?

– Oito bilhões.

– Então, pode-se dizer que aqui na vida espiritual há 56 bilhões de espíritos. É isso?

– Isso.

– Tem que ter muito trabalho para todos, você não acha?

– É verdade. Tem de haver muitas oportunidades evolutivas, porque faltam corpos para os espíritos encarnarem. Dessa forma, a melhor oportunidade realmente é ser mentor espiritual daqueles que estão em provas e expiação. Assim, através do conhecimento que adquirimos nas encarnações em que estivemos na Terra, podemos orientar nossos protegidos para que eles aproveitarem ao máximo a vida, e todos ganham condições espirituais para evoluir.

– É assim que outros mentores se ligam a nós?

– Outros mentores se ligam a você por interesses evolutivos próprios ou por afinidade, como disse anteriormente. Anote aí: para cada espírito encarnado, existem de 3 a 5 espíritos ligados a ele diretamente.

– Então, posso considerar que, para cada espírito encarnado, existem de 3 a 5 anjos da guarda ou mentores espirituais. É isso?

– Exatamente.

– Entendi. Deixa eu perguntar outra coisa: quando deixamos o Moisés, ele tinha apenas 17 anos e estava muito próximo de seu aniversário. Agora, chegamos aqui neste centro espírita e ele aparenta mais de 50 anos. Você pode me contar o que trouxe aquele garoto arrogante e malvado até a diretoria desse centro espírita?

– É por isso que estamos aqui.

– Eu vejo que a mentora espiritual de Moisés está mais evoluída, mas ele me parece com o mesmo corpo espiritual daquela época. Ele não evoluiu. Pode a mentora ter evoluído e ele não? Como explicar esse processo?

– Vamos por partes. Eu já expliquei que, à medida em que seu assistido melhora, você recebe as benesses do trabalho realizado. Essa parte você entendeu?

– Perfeitamente.

– O fato de você receber benefícios pelo trabalho realizado não está diretamente vinculado à evolução de seu assistido. Qualquer melhora que haja em seu tutelado, reflete diretamente em sua condição espiritual. Muitas vezes, seus benefícios são bem maiores do que de seu assistido.

– Complexo, isso...

– Deixe-me dar um exemplo.

– Estou anotando.

– Se você for designado para proteger alguém durante uma caminhada, e esse alguém estiver andando numa rua e não perceber que à sua frente tem um bueiro sem tampa e você provoca um tropeçar para que seu protegido se desvie do buraco, você ganha méritos por isso?

– Sim, claro que sim.

– O fato de você ter provocado o desvio modifica a condição espiritual do andarilho?

– Não, eu creio que o que modifica a condição espiritual do espírito são as transformações internas que todos devem fazer.

– Viu a diferença? O fato de Moisés não ter caído no buraco possibilitou que sua mentora evoluísse, mas o fato de dele não cair, não o modificou como deveria. Assim, a mentora colhe os frutos do trabalho dedicado, enquanto esperamos pelo tempo para que Moisés, através do direcionamento espiritual, possa alcançar méritos espirituais.

– Você está nos dizendo que a mentora do Moisés ganhou mais luz porque o direcionou pelo caminho correto? É isso?

– Isso. Ela tem trabalhado incansavelmente para modificar Moisés; por isso, sua condição espiritual melhora a cada dia.

– Você pode nos explicar o que, de fato, trouxe aquele garoto até esta reunião espírita?

– Sim, claro.

Naquele momento Moisés se levantou e, ao lado de sua mentora espiritual, ele se dirigiu ao salão principal, que estava lotado de pessoas que o aguardavam para a tão esperada palestra.

Eu e Lucas os seguimos.

Mulheres, crianças, jovens, rapazes, senhores e senhoras. Todos estavam muito ansiosos para ouvir o ilustre palestrante, que foi saudado por todos com uma salva de palmas. A mentora espiritual iluminada se posiciona na parte central do palco, muito próxima ao púlpito, para orientar espiritualmente o seu tutelado.

A palestra iniciou e todos, atentos, ouviam as sábias palavras proferidas pelo dirigente Moisés.

– Venha, Osmar. Eu quero te mostrar uma coisa.

Naquele momento, Lucas me levou de volta à fazenda, que estava como no início desta psicografia. Já não havia mais vida naquele lugar. Não havia árvores nem plantações. Animais não existiam mais. As paredes estavam sujas e os poucos móveis que tinha, estavam quebrados. Era um fim de tarde quando chegamos.

Sentado em uma cadeira de balanço velha na varanda da falida propriedade, encontramos Moisés bêbado e fumando um cigarro. Todo o luxo acabou. Não havia empregados, apenas quatro homens que saíam da sala da casa carregando um caixão marrom.

A passos lentos, eles deixaram a propriedade e se dirigiram a uma pequena carroça, onde depositaram a urna fúnebre. Em seguida, deixaram o lugar.

– Meu Deus! O que houve aqui, Lucas?

– Moisés, após perder seu pai, como você pôde acompanhar, se transformou em um tirano e maltratava todos aqueles que o amavam. Aos 23 anos, ele já não tinha mais nada. Perdeu todo o patrimônio da família em jogatinas e nos bordéis da pequena cidade onde passava a maioria de seu tempo.

Marta foi essa que você pôde acompanhar, sendo carregada por alguns irmãos da igreja que frequentava, buscando forças para suportar as dores provocadas por Moisés. Ela morreu doente, abandonada em um leito pelo filho.

– Jesus! Como isso foi acontecer Lucas?

– Eu posso lhe assegurar que não é nada de outra vida. Tudo o que Moisés fez nessa vida foi escolha dele. Asseguro também que tudo o que ele fez e viveu não teve nenhuma influência espiritual, sequer houve interferência de obsessores, pois ele só os adquiriu quando começou a beber e se drogar nos bordéis da vida. Toda a maldade já estava consumada.

– Ele conseguiu destruir tudo?

– Sim. Acontece que, naquela época, Moisés se revoltou com seus pais. Ele queria mesmo era ser o dono de tudo, por ganância e ego.

– Você acha que Marta e Josué falharam na educação dele, Lucas?

– Não devemos julgar ninguém.

– Bom, e agora?

– Acontece que sua mentora espiritual foi auxiliada pelo seu tutor. Lembra dele?

– Sim, no começo desta psicografia, você nos explicou sobre eles.

– Pois bem, ele mesmo, junto à mentora espiritual de Moisés, conseguiu, através da influência, trazê-lo para a cidade grande. Nessa cidade Moisés pode recomeçar a vida auxiliado por uma tia, irmã de Marta, chamada Eliane. Foi Eliane quem trouxe Moisés para o centro espírita. Ao entrar na casa espírita, tudo ficou mais fácil para sua mentora e o tutor.

– Que legal, Lucas!

Naquele momento, voltamos ao centro espírita. A palestra já havia acabado, e Moisés estava em sua sala tratando de assuntos relativos às cestas básicas que são distribuídas todos os meses para centenas de famílias assistidas pelo projeto social mantido pelo centro espírita.

– Conte-nos mais sobre o que aconteceu com Moisés, Lucas.

– Após um curto período, Moisés deixou a propriedade, que se acabou com o tempo (você pôde ver parte disso). Ele veio morar aqui perto do centro, onde foi muito bem recebido pelos amigos de Eliane, companheiros do centro espírita. Hoje, Moisés é o presidente dessa casa espírita e dirige essa instituição de caridade com muita eficiência.

– Ele se casou? Tem filhos?

– Ele não se casou. Chegou aqui com 26 anos e hoje está perto de completar 55. Dedicou 29 anos de sua vida a esse projeto.

– Ele faz o que na vida para se manter?

– Moisés tem um pequeno comércio aqui perto.

– Como as coisas mudaram para ele, não é Lucas?

– Sim, graças à sua mentora espiritual, que muito se dedicou a transformar os sentimentos de Moisés. É por isso que ela conquistou a condição espiritual que você viu.

– Eu fico muito feliz em poder escrever sobre tudo isso, Lucas.

– Nós também, pode ter certeza.

– Lucas, eu posso fazer mais uma pergunta?

– Claro.

– A minha dedicação, o meu trabalho, os livros, o meu trabalho na casa espírita, de alguma forma, ajuda vocês?

– Essa pergunta você nem precisaria ter feito, mas eu vou responder você.

– Desculpe minha curiosidade e insegurança.

– Não tem que se desculpar. Preste muita atenção no que vou lhe ensinar.

– Estou prestando.

– Por que Jesus encarnou em um corpo humano?

– Não sei.

– Ele tinha necessidade de encarnar? O que você acha?

– Eu, sinceramente, acho que ele não precisava ter encarnado. Ou sei lá, ele poderia ter encarnado em outro tempo, já que naquela época os apóstolos traziam muitas informações sobre o reino dos céus e a população mundial era muito pequena.

– Outro tempo?

– Sim, nos dias atuais, por exemplo.

– Jesus encarnou porque ele precisava direcionar o mundo. É importante que todos saibam e se conscientizem de que Jesus é o governador espiritual desta galáxia e de tudo o que nela orbita. É de responsabilidade dele todos os espíritos encarnados e desencarnados que aqui estão. Certo?

– Certíssimo.

– Pois bem, sendo Ele o único responsável, percebeu que precisaria direcionar seus irmãos à evolução. Ele até poderia ter esperado a população de encarnados estar maior, mas, se assim fizesse, todo o passado religioso da humanidade não existiria.

E por que ele fez isso? Por que ele encarnou sabendo de seu martírio e sabendo que nem todos acreditariam nele? Ele sabia que seria rejeitado por muitos. Mas por que o fez?

– Seria por amor? – perguntei.

– Exatamente, pelo amor. E agora vem o ensinamento que quero te passar.

– Pode dizer, Lucas.

– *"Tudo o que você fizer com amor, te glorificará aos olhos do Pai"*. Sendo assim, se você vai ao centro espírita por amor, se você escreve um livro por amor, se você se dedica a fazer caridade por amor, você não está se iluminando sozinho: você está se transformando em um grande farol, em que todos os espíritos ao seu lado que serão iluminados.

– Assim você me emociona, Lucas.

– *"Todo aquele que se emociona com facilidade, é porque a essência é divina"*

– Não tenho palavras para agradecer pelos seus ensinamentos, meu amado mentor.

– Vamos em frente?

– Gratidão, Lucas.

– Eu vou te deixar agora. Vá descansar. Em breve procuro você para darmos continuidade a esta psicografia.

– Estarei esperando.

– Até breve, Osmar.

– Até breve, Lucas.

Naquela hora, ele me deixou. Voltei à minha vida normal...

Como é gratificante fazer o que faço! Vocês não fazem ideia de como sou feliz por poder trazer todos esses ensinamentos através dos livros que me são permitidos escrever...

Aproveitem ao máximo tudo o que Lucas ensina para modificar cada atitude da sua vida. Garanto que o resultado será surpreendente. Não se preocupem com o que as pessoas vão dizer de vocês, fazendo ou não elas falaram...

Sigam em frente, transformando-se todos os dias... Vale a pena ser do bem. Precisamos aprender a amar, pois é o amor que nos libertará das amarras terrenas. Somente amando e perdoando conseguiremos ascender aos planos superiores e lá vivermos a felicidade plena.

> *O amor é o único sentimento que levamos para a vida eterna.*
>
> Nina Brestonini

O desencarne

Naquela manhã, Moisés acordou disposto a arrumar o estoque de sua loja muito bem montada, onde é possível comprar um pouco de tudo.

Material elétrico, hidráulico e tudo o que você precisa para pequenos reparos ou reformas.

– Bom dia, Carlos.

– Bom dia, Moisés.

– Hoje, finalmente, vamos dar uma arrumada no estoque lá em cima.

– Até que enfim! Vamos fazer uma faxina no segundo andar, eu já nem sei mais o que tem lá para vender.

Carlos, funcionário dedicado, é o responsável pelo pequeno comércio de onde Moisés tira seu sustento. É ele quem cuida de tudo quando Moisés está em viagem ou até mesmo em tarefa caridosa fora do centro espírita.

– Como iremos fazer a contagem dos itens e a separação com a loja aberta, Moisés?

– Hoje não abriremos. Vou providenciar um cartaz e colocá-lo na porta de entrada.

– Ah, ótimo! Dessa forma eu até acredito que vamos conseguir.

Moisés foi até o pequeno escritório nos fundos da lojinha e preparou, em uma cartolina, o seguinte aviso: "Hoje não abriremos".

Fixado o cartaz, Moisés e Carlos subiram ao segundo andar da loja e deram início à arrumação.

– Eu vou começar a separar desse lado, Carlos. Você pode começar do outro.

– Combinado.

Assim, Moisés começou a separar, contar e anotar as mercadorias espalhadas e outras que estavam amontoadas no lado direito do andar superior. Carlos faz o mesmo do lado oposto.

As horas passam passaram até que Carlos saiu para o almoço. Moisés, determinado, não queria parar o trabalho: desejou terminar a arrumação e o inventário antes das 16h. Ele esperava conseguir ir à casa espírita, cuja sessão começa sempre às 18h.

Após retirar os calçados dos pés a fim de não estragar as mercadorias espalhadas no chão, sem perceber, Moisés pisou em um dos cabos de energia que alimentava todo o prédio. O cabo estava em péssimas condições de conservação, totalmente desencapado. A carga elétrica é fatal, e Moisés desencarnou por meio de um forte choque, pois seu corpo suado potencializou o acidente, provocando uma parada cardíaca. Isso levou Moisés ao desencarne em poucos segundos.

À tarde, quando Carlos voltou do almoço, encontrou Moisés morto sobre algumas mercadorias espalhadas por todo o lugar.

– Moisés, Moisés! – disse o rapaz desesperado, tentando reanimar seu amigo e patrão.

Todo esforço foi em vão. Não havia mais nada a fazer.

A polícia e o corpo de bombeiros foram chamados e, em pouco tempo, o corpo de Moisés é levado ao Instituto Médico Legal (IML) para autópsia que confirmaria a morte por acidente elétrico.

No dia seguinte, o centro espírita em peso estava na capela do cemitério local para o enterro do dedicado médium Moisés.

Eliane, sua tia, estava inconsolável. Margarida, Fernando e os demais companheiros do centro espírita estavam muito tristes. Afinal, quem iria substituir toda a dedicação do tarefeiro da obra espírita? Haveria alguém capaz de se dedicar tanto ao centro espírita?

– Oi, Sérgio.

– Oi, Margarida.

– O que será do nosso centro sem o Moisés?

– Não vai ser fácil tocar o barco sem ele. Dificilmente acharemos alguém tão dedicado ao centro espírita e ao próximo.

– Que loucura o que aconteceu com ele, meu Deus...

– É verdade. Não sei onde estava a mentora espiritual dele que não impediu que essa tragédia lhe acontecesse.

– É verdade... eu nem sei o que dizer aos assistidos que confiavam tanto na mentora espiritual dele.

– Eu também não tenho entendimento para lhe orientar e responder as dezenas de perguntas que surgirão depois dessa tragédia.

– Como uma mentora que ajudou tanto, ele deixa que isso aconteça?

– São questões inexplicáveis que somente quando chegarmos à vida espiritual seremos lembrados dos motivos que nos levam a essas tragédias tão comuns atualmente.

– Eu continuo afirmando que ele não merecia morrer dessa forma.

Eliane, que estava próxima, ouviu a conversa e, sem ser convidada, entrou no assunto.

– O mais incrível é que ele morreu igual ao pai dele.

– O pai dele morreu de choque elétrico?

– Não, Margarida, o pai dele foi atingido por um raio enquanto cavalgava em direção ao mercado de bois. Eles estavam indo negociar os animais quando um raio atingiu ele e seu cavalo, que morreram na hora.

– Gente, que loucura!

– Loucura mesmo. Eu lembro como se fosse hoje. A morte do pai dele foi uma tragédia na época. Ele era muito querido, assim como Moisés.

– Coincidência – disse Sérgio.

– É... essas coisas acontecem sem dar explicações.

– Que horas será o sepultamento?

– Dentro de duas horas – disse Margarida.

– Está tudo bem, Sérgio?

– Eu não gosto de vir a cemitérios, as energias desses lugares são muito densas. Como vocês sabem, sou médium de efeitos físicos e, sempre que vou a enterros, não me sinto bem.

– Você está vendo algum espírito aqui?

– Eu não vejo espíritos, Margarida, eu os sinto.

– E você está sentindo algum espírito aqui?

– Nesse momento não, mas quando cheguei eu senti a presença de vários.

UM ESPÍRITA NO UMBRAL

– Meu Deus! Nem me diga isso, sou capaz de sair correndo desse lugar – disse Eliane.

– O problema não está nos mortos. Os que temos que temer são os vivos. Esses, sim, são perigosos – disse o rapaz.

– Tem um pessoal ali que eu não conheço. Vocês sabem quem são?

– Pelas roupas que estão usando, devem ser alguns assistidos do projeto FOME.

– Você reparou nas roupas, Margarida?

– Eles estão muito malvestidos. Eu tinha que reparar, ué...

– Você sabe quem são, Eliane?

– Nunca vi essas pessoas.

– Elas parecem bem tristes.

– Devem ser pessoas que o Moisés ajudava sem sabermos.

– Vamos esperar para a prece de sepultamento. Quem sabe falam alguma coisa.

– Você fará a prece, Sérgio?

– Sim, posso fazer. Eu trouxe até o Evangelho Segundo o Espiritismo. Temos algumas preces no final que podemos orar pelo nosso irmão. Temos a prece por aqueles que acabam de morrer, e pretendo usá-la para nosso querido Moisés.

– Que bom que você lembrou de trazer o livro, pois eu saí de casas tão atordoada que sequer lembrei da prece – disse Margarida.

Naquele momento, Lucas e eu pudemos observar a chegada da mentora espiritual de Moisés. Ela chegou ao velório e, ao seu lado, trazia mais dois espíritos: um rapaz de cabelos longos e uma jovem muito bonita.

– Anote tudo o que você vai ver agora.

– Pode deixar.

Os dois jovens estenderam suas mãos sobre o corpo de Moisés, e pude ver, que deles saíram algumas gotículas de fluidos, os quais entravam em um pequeno túnel de luz aberto pela mentora. Era como se estivessem retirando as últimas energias ou fluidos do corpo de Moisés e levando para outro lugar através daquela pequena passagem.

– O que eles estão fazendo, Lucas?

– Retirando os últimos fluidos da matéria e desligando definitivamente o espírito de Moisés.

– Você pode explicar por que esses fluidos ainda estão no corpo dele?

– Seu desencarne se deu de forma trágica, embora programada. Ele estava muito preso as coisas materiais, e é isso que prende o espírito ao corpo físico.

– Peraí, cadê aquele espírita dedicado?

– Não faça nenhum julgamento sem saber de tudo.

– Desculpe, Lucas, é que ele era tão dedicado... Pensei estar totalmente desprendido das coisas materiais.

– As aparências enganam e, normalmente, vocês são enganados.

– Sério?

– Na maioria das vezes, vocês são enganados. Quer ver?

– Ver o quê?

– Ver o que realmente está acontecendo?

– Acho que é para isso que eu estou aqui.

– Nem tudo podemos mostrar, pois sua capacidade de compreensão ainda não acessa o que acontece a seu redor. Mesmo assim, eu vou permitir que você assista.

– Lucas, fique à vontade. Se você achar que não é o momento, eu compreendo.

– Olhe bem e relate no livro.

– Combinado.

Naquele momento, eu vi que, quando trouxeram o corpo de Moisés, fluidos caíam do caixão e se espalhavam pelo caminho. Era um líquido prateado que pingava do caixão e se decompunha ao tocar o chão.

No instante em que sua mentora chegou trazendo ao seu lado, outros dois espíritos, havia, na verdade, uma poça de fluidos sobre a pedra onde o caixão com o corpo de Moisés estava depositado. Esses espíritos, pacientemente, recolhiam aqueles fluidos, direcionando-os para o túnel de luz que fora aberto pela mentora espiritual.

Me foi permitido olhar dentro daquelas pessoas que estavam ali lamentando a morte de Moisés.

Margarida, cheia de inveja, parecia comemorar a morte de Moisés. Ela dizia para si mesma: "agora o terreno está livre para eu me tornar diretora do centro, ele nunca mais vai me atrapalhar".

O tal Sérgio era só hipocrisia. Ele estava era de olho nas meninas do grupo jovem que lamentava a morte de Moisés. Estava se mostrando como futuro presidente do centro espírita, mas seus interesses eram mais humanos do que espíritas.

De Eliane eu pude ler sua mente. Ela dizia: "pagou com o mesmo veneno que matou o pai, bem-feito...".

Os únicos ali presentes que exteriorizavam amor pelo defunto era aquela família pobre que mal tinha roupas para se vestir. O homem orava a Deus para que recebesse Moisés no seu reúno em paz, pois muitas vezes ele alimentara a sua família. Aquelas eram lágrimas verdadeiras, eu pude ver...

Fernando, o tão dedicado companheiro da caridade, sorria por dentro como se dissesse: "agora quem manda sou eu...".

Todos – eu disse todos – que estavam naquele funeral estavam torcendo para chegar logo a hora do sepultamento, pois cada um estava mais preocupado em resolver as questões de suas próprias vidas; estavam despreocupados com a morte de Moisés.

Olhei para Lucas indignado e não contive meus impulsos.

– Lucas, o que é isso?

– Esse é o resultado da maioria daqueles que se dedicam ao serviço da caridade. Aqui, os que vêm para lamentar são poucos. A maioria vem para certificar que realmente podem agir por suas próprias vontades, e que o desafeto em seu leito fúnebre nada mais pode fazer para atrapalhar seus planos.

– Jesus...

– Foi por isso que Ele veio: para direcionar e mostrar que o amor é o único caminho. Há uma parte do que está acontecendo aqui que não estamos permitindo que você relate agora.

– O que será que está acontecendo que eu não consigo ver?

– Fique sossegado, em breve você vai poder relatar. É só uma questão de momento oportuno, nada mais que isso.

– Lucas, você viu o comentário deles sobre a mentora espiritual de Moisés?

– Sim, eu ouvi.

– E o que você achou?

– Ingratos. Estudam a lei de ação e reação, mas são incapazes de enxergá-las acontecendo.

– Quer dizer que Moisés está colhendo o que fez ao pai dele?

– Ele não jogou um raio na cabeça de seu pai.

– É verdade... Olha eu caindo na conversa da Eliane.

– Vocês precisam ter mais cuidado com seus pensamentos e vigiar os sentimentos.

– Desculpe-me, Lucas.

– Eu não tenho o que perdoar e muito menos que desculpar, mas tenham mais amor e empatia pelos seus semelhantes. Moisés não matou o pai dele, e o fato de ele não ter prestado socorro no momento do acidente não quer dizer que ele não o amava. Ele pode ter ficado em choque ou até mesmo em estado de perturbação mental por não entender o que estava acontecendo naquele momento.

– É verdade.

– E, se você quer saber, parte do trauma que levou Moisés a se perder nos bordéis onde gastou todo o dinheiro da família, levando sua mãe a morte, foi justamente por não ter socorrido seu amado pai. Ele se arrependeu muito do que fez... sofreu por não saber lidar com seus sentimentos.

UM ESPÍRITA NO UMBRAL

– Estamos sempre julgando os outros.

– É lamentável, mas é a mais pura verdade. Moisés buscou a doutrina espírita por estar arrependido de tudo o que fez na vida. Ele percebeu que, para obter o perdão de sua família, precisava se dedicar à caridade e se transformar. Foram muitos anos de entrega e amor. Milhares de horas de estudo e dedicação. Tenha certeza disso.

– Onde ele está, Lucas?

– Onde? Como assim?

– Eu não consigo ver em que lugar Moisés está.

– Ele está no Umbral.

– Depois de todo esse arrependimento, ele ainda foi para o Umbral?

– Venha, eu vou te levar ao encontro dele e você poderá relatar tudo.

Naquele momento deixamos o velório e adentramos o Umbral. A escuridão era intensa e quase não conseguíamos enxergar nada devido à densa névoa que cobria todo o lugar. Mesmo assim, caminhamos para as profundezas do Umbral.

Eu estava muito impressionado com tudo o que havia assistido naquele velório. Como as pessoas podem serem assim? Moisés mal acabara de morrer e a maioria já estava preocupada em ocupar seu lugar no centro espírita.

Por que valorizamos mais os cargos do que a caridade pura?

Por que somos tão imperfeitos e maldosos?

Será que Moisés vai saber de tudo isso?

Como ele reagirá ao saber que alguns comemoraram sua morte?

> "*...porque tudo que o homem semear, isso também ceifará.*"
>
> *Gálatas 6:7*

Um espírita no Umbral

Chegamos à região intermediária do Umbral, entre o Vale da Morte e as regiões chamadas Intermediárias, onde muitos espíritos ficam vagando sem destino.

– Que lugar é esse, Lucas?

– Essa é uma região Intermediária entre as Profundezas e os Vales. Aqui, ficam muitos espíritos que não acreditavam na vida após a morte e, quando se encontram com a realidade que todos encontraram um dia, ficam vagando por essa região sem entender por que ainda estão vivos. É muito triste. Chamamos esse lugar de Vale das Lamentações.

– Vale das Lamentações?

– Sim, é aqui que a maioria permanece por um tempo até que compreenda o que de fato aconteceu.

– Mas um espírita que trabalha e estuda o espiritismo sabe que a vida continua.

– Fingem que acreditam que a vida continua.

– Meu Deus, lá vem você, Lucas.

UM ESPÍRITA NO UMBRAL

– Olhe a seu redor e relate o que vê agora.

Olhei para a minha volta e a cena que se apresentava naquele momento era lamentável. Vagando por uma região escura e enlameada, havia muitos espíritos – mais muitos mesmo! Alguns rastejavam pelo chão; outros, em pequenos grupos, buscavam se aquecer em fogueiras improvisadas sobre troncos de árvores secos e altos. Uns estavam vestidos com roupas bem antigas, e alguns sequer roupas tinham.

O som emitido por eles era aterrorizante. Os espíritos que ali estavam, soltavam grunhidos de lamentação. A maioria chorava de joelhos, como se implorassem a Deus por misericórdia. Muito triste o que eu via naquele momento.

Era possível ouvir choro e lamentação em todos os cantos.

– O que é isso, Lucas?

– Esse é o pior momento daqueles que chegam aqui. É agora que a verdade lhes chega à consciência. O fato de terem desperdiçado as oportunidades evolutivas lhes fere a alma como punhaladas de arrependimento pelo tempo perdido.

– Jesus...

– Sabe, Osmar, a maioria desses espíritos que você está vendo aqui são espíritas falidos.

– Espíritas falidos? Como assim, Lucas?

– São médiuns, obreiros, tarefeiros, estudiosos, frequentadores, membros, diretores, auxiliares. Todos os que um dia foram atraídos aos centros espiritas, frequentaram, estudaram, trabalharam, se dedicaram, dirigiram e falharam. Fingiam acreditar nos espíritos quando, na verdade, estavam dentro das casas espíritas para alimentarem seus egos e vontades.

– Meu Deus! Estão sendo castigados, Lucas?

– Ninguém é castigado, Osmar.

– Então, por que estão assim?

– Assim como?

– Assim, largados, chorosos, tristes e lamentando.

– Eles estão tendo consciência das oportunidades que desperdiçaram e se conscientizando de que terão que refazer todo o caminho novamente. E isso dói no fundo da alma...

– Quer dizer que todos esses espíritos que estão aqui um dia frequentaram os centros espíritas e falharam na tarefa evolutiva?

– Exatamente. Frequentaram, estudaram, afirmavam que estavam convertidos e conscientes de que a vida continuava; no entanto, falharam no momento mais importante.

– Lucas, meu amigo, eu vivo isso diariamente no centro espírita. Pessoas que nos procuram em busca do autoconhecimento ou em busca do equilíbrio da mediunidade missionária. No começo, são dedicadas, amorosas e interessadas; porém, com o passar do tempo, tudo o que afirmavam acreditar desaparece. Alguns até saem falando mal do dirigente, da casa espírita, dos colegas que lá permaneceram e até mesmo da religião. Enfim, esse é um drama que aqueles que se compreendem espíritas de verdade sofrem todos os dias dentro das casas espíritas.

– São esses que você vê aqui agora... Esse é o destino daqueles que mentem, enganam, fingem... Eles terão que ficar vagando aqui à espera de resgate e, quem sabe, receberem novamente outra oportunidade evolutiva. Uma coisa que vocês precisam saber é que, quando você comete um erro conscientemente, esse erro é agravado pelo fato de ter consciência do delito.

– Como assim, Lucas?

– Vou lhe dar um exemplo. Pode ser?

– Claro.

– Quando você se torna espírita, você estuda, prega, converte, aceita, modifica, entende, aprende e se conscientiza da vida eterna. De repente, sem nenhum motivo aparente, larga tudo, deixa de acreditar e começa a falar mal daquilo que você compreendeu, pregou e ensinou. Você está contrariando o que, em essência, já estava modificado dentro de você. Quando você faz isso, o resultado é a transgressão da Lei Evolutiva, e o resultado é esse que você vê aqui.

– Como eu gostaria que essas palavras fossem estampadas em todos os jornais do mundo... Como eu gostaria que a grande mídia informasse, a todos os espíritos encarnados, que não vamos morrer e que o destino que nos espera é exatamente aquilo no que acreditamos hoje, é o que fazemos e desejamos todos os dias. Como eu gostaria que todos os espíritas lessem este texto e gravassem, em seus corações, que é necessário sermos honestos conosco, que não temos o direito de sermos uma coisa hoje e outra amanhã – principalmente em relação ao espiritismo.

Não dá para acreditar hoje e amanhã achar que é tudo uma grande mentira, porque não é... Essa realidade que escrevo agora é exatamente a colheita desses irmãos que fingem ser espíritas e não se dedicam às transformações necessárias que todos precisamos fazer. É preciso que todos entendam que não enganaremos os espíritos... Podemos enganar quem quer que seja, mas jamais enganaremos a Deus, que nos dará oportunidades infinitas para nosso aprender.

Precisamos nos conscientizar de que o espiritismo é uma porta aberta pelo nosso Irmão Jesus para que, melhorados, possamos adentrar os reinos espirituais. Acredito ser essa a missão de nossa querida religião. Paremos hoje mesmo de julgar, de apontar o dedo para culpar esse ou para aquele. Todos nós estamos aqui por um motivo... precisamos crer nos espíritos, abrir nossa mente para o NOVO e aceitar que as mensagens trazidas pelos nossos irmãos vêm de todos os lugares e de diversas formas.

UM ESPÍRITA NO UMBRAL

– É por isso que estamos aqui. Essa é a missão dos espíritos, Osmar. Ótima a sua colocação.

– Estou cansado, Lucas, de ver espíritas julgando as pessoas pelo que elas são, por suas escolhas, a exemplo de suas orientações sexuais. Quase não se vê homossexuais dentro dos centros espíritas – exceto os de matriz africana. Perdoem-me, mas precisamos dar um basta em tanta hipocrisia... Nossos irmãos precisam de amor, amparo, auxílio, compreensão e oportunidades para conhecerem o espiritismo como ele realmente é.

Chega, chega de falar uma coisa e fazer outra! Praticar uma falsa caridade achando que, agindo assim, estará comprando um lugar nas cidades espirituais. Deus não está à venda. Caridade não serve de vitrine para nos eximir de nossos pecados.

O que adianta pregar uma coisa e fazer outra?

O que adianta se revestir de santidade se, no fundo, há a perversidade, a incompreensão e a ignorância?

Quantos se dizem espíritas e são verdadeiros santos dentro das casas espíritas e verdadeiros demônios com seus familiares, filhos e amigos?

– Parabéns por seu pensar, Osmar. Nós, que estamos em missão dentro da religião espírita, sofremos muito quando aqueles que assistimos fazem exatamente o que você acaba de relatar.

– Qual é a atitude de vocês, Lucas, quando agimos fora daquilo que pregamos ou do que deveríamos nos tornar?

– Nos afastamos, pois sabemos que cada espírito tem o tempo certo de se transformar. O que nos adianta insistir quando vocês insistem em fazer errado?

– É isso que tanto digo, mas sou julgado por isso. Mas para ser muito sincero com todos, não estou preocupado com aqueles que me julgam, pois até Ele, que é perfeito, foi julgado por nós. Quem sou eu para não ser vítima dos que ainda sequer acreditam na vida eterna?

– "Aquele que julga será julgado", disse o Senhor.

– Pois é, Lucas. Eu levo meus os ensinamentos da maneira que entendo. Eu posso me enganar, tenho esse direito, pois todos temos o direito de errar, e eu não estou fora disso. Todos nós deveríamos nos preocupar em aprender mais e julgar menos.

– Isso seria de muita utilidade para nós, Osmar.

– Sim, porque os falsos espíritas, os fofoqueiros de plantão, não deixam passar uma oportunidade de julgar aqueles que se dedicam a levar os ensinamentos evangélicos espiritistas para as pessoas. Dizem: "isso não está no evangelho... Kardec não falou isso", e por aí vai.

Se Kardec veio para mudar o que havia sido dito antes dele, quem irá modernizar o que Kardec disse? Vamos viver eternamente dos velhos textos codificados pelo mestre? E quem foi Chico Xavier, Divaldo Franco, Flamarion, Memei e tantos outros que reescreveram o espiritismo? Por que lhes permitiram escrever o que escreveram? Fazer o que fizeram do espiritismo? Não são enviados da espiritualidade? São charlatões? Qual foi a missão desses espíritos senão nos trazer as novidades da vida espiritual? Não foram eles que nos ajudaram a chegar onde estamos atualmente?

Sinceramente, haja paciência para lidar com esses que julgam os que defendem o espiritismo e, na hora da morte, imploram pela vida sem dar sentido a tudo o que pregaram a vida inteira.

– O mais importante, Osmar, é que você e os demais escritores dos tempos atuais não desistam de suas tarefas. Não se importem com o que as pessoas vão pensar ou falar das obras que vocês estão psicografando. O tempo provará que todas essas linhas escritas agora são verdade e, nesse dia, aqueles que maldisseram vocês serão esquecidos.

– Sobe o que mais me aborrece, Lucas?

– O quê?

– Eu tenho muito amor em meu coração, acho que é por isso que tenho uma vida muito abençoada. Tenho alguns problemas por ser assim, isso eu já compreendi. Nem todos os espíritos encarnados estão preparados para saber quem são; daí, a ignorância espiritual os leva a fazer o que me fazem, mas isso não me incomoda.

O que mais me deixa triste são os que me julgam sem sequer me conhecer. Aqueles que pregam palavras santas sobre o espiritismo e a vida depois da morte e lotam as plateias espíritas, vivendo dentro de consultórios médicos temendo a morte como se ela fosse o fim. É tanta hipocrisia que determinadas pessoas me causam náuseas... Mas como disse, nem todos estão preparados para sequer saberem o que são... e as náuseas que ainda sinto fazem parte da minha imperfeição, a qual trabalho todos os dias para modificar.

– Faça a sua parte, Osmar, e saiba que, embora você ainda não consiga enxergar, há alguém que vê, acredita e se modifica. E isso é bom para Deus.

– Eu sou grato, muito grato por essa oportunidade, Lucas. Prometo a você que, até o último dia da minha existência terrena, eu direi: VOCÊ NÃO VAI MORRER...

– Continue assim e todos atingiremos nossos objetivos.

– Você tem objetivos comigo?

– Temos objetivos com toda a Criação, com todos os espíritos, pois são nossos irmãos. Como nos disse nosso querido Jesus, *"Amai-vos com eu vos amei..."*.

– Gratidão por suas palavras e seus ensinamentos, Lucas.

– Olhe quem está ali.

Olhei para o meu lado direito e vi Moisés caído no chão em meio ao lamaçal. Seu corpo estava imerso em uma poça de água suja. Suas vestimentas se confundiam com a cor escura do chão em que pisávamos. Nos aproximamos dele e ficamos a uns três metros do distância do moribundo adormecido no solo.

– O que houve com ele, Lucas?

– Ele ainda não acordou.

– Desde a morte ele está aqui?

– Sim, ele espera pelo momento certo para despertar.

– E quando será?

– Vamos esperar.

– Ok.

Passados alguns minutos, alguns espíritos que vagavam pelo lugar se aproximaram de Moisés.

– Mais um espírita falido – disse um homem que estava com as roupas muito sujas.

– Esse aí pelo visto se ferrou – disse uma jovem ao lado.

– Será que vai demorar a acordar?

– Seria bom se não acordássemos.

– É, mas todos acordam... – disse o velho.

Naquele momento, Moisés começou a se mexer.

– Olha, Lucas, acho que ele vai acordar.

Muito assustado, Moisés levantou o seu corpo, que estava de bruços e com a cara enfiada na lama. Ele se sentou sem entender onde estava e começou a limpar o rosto com as duas mãos.

– Que lugar é esse, meu Deus? Onde estou?

O lugar escuro, feio, tétrico e com energias muito negativas atinge até mesmo quem está de visita – como era meu caso, que estava ali assistindo a tudo. Uma angústia invadiu o meu coração naquele momento.

– Lucas, por que estou sentindo essa angústia?

– Como já lhe disse antes, este lugar é onde todos, eu disse todos, choram e lamentam as oportunidades desperdiçadas. O nível de angústia e dor aqui é extremo, e médiuns como você, quando estão por aqui, são capazes de sentir a energia desse lugar. Concentre-se no que está fazendo que vou te ajudar a não sentir isso.

– Obrigado, Lucas.

Me senti melhor após os conselhos e a aproximação de Lucas. Assim, continuei a observar o que acontecia com Moisés. Ele se levantou, olhou para tudo a seu redor e se mostrou muito assustado. Levantou-se e começou a caminhar com muita dificuldade por aquele vale sombrio.

Moisés parecia fraco e caminhava tropeçando. Foi quando ele viu um grupo de espíritos que se aqueciam em uma das fogueiras acesas e decidiu se aproximar deles. Aqueles espíritos estavam muito malvestidos; pareciam mendigos do além.

UM ESPÍRITA NO UMBRAL

Então, ao se aproximar, ele perguntou:

– Com licença. Que lugar é esse?

– Aqui é onde todos choram e lamentam por desperdiçarem a vida, meu amigo. – respondeu um rapaz de uns 30 anos.

– Não seria o Umbral esse lugar?

– Pelo visto, o amigo é espírita e acabou de chegar.

– Sim, sou espírita. Eu acabei de acordar. Estava enterrado na lama... eu estou com muito frio...

– Então você pode chamar este lugar de Umbral – disse uma jovem sentada ao lado dos homens.

Moisés se mostrou surpreso e chocado com aquela informação. Ele mal podia acreditar que aquilo estava lhe acontecendo.

– Desculpem-me, mas é impossível eu estar no Umbral.

Os espíritos riram dele naquele momento. Alguns gargalharam.

– Não riam de mim, eu não posso estar no Umbral, deve haver algum erro... Alguém está me pregando uma peça, só pode ser...

– Não há enganos no lado de cá, meu amigo – disse o rapaz.

– Perdoe-me. Mas qual é o seu nome?

– Me chamo Ricardo.

– Ricardo? É isso?

– Sim, meu último nome de encarnado foi Ricardo.

– Desculpe-me, mas você está certo de que eu estou mesmo no Umbral?

– Se você é espírita, esse lugar é o Umbral. Mas se você é de outra religião, provavelmente você conhece esse lugar como inferno, ou outro nome.

– Olha, Ricardo, deixe-me te dizer uma coisa. Em primeiro lugar, eu sou, sim, espírita e tenho muito orgulho da minha religião. Estou no espiritismo há muitos anos e dedico minha vida aos projetos sociais que são mantidos com muito sacrifício no centro espírita do qual sou presidente. Ajudo financeiramente muitas famílias carentes: dou cestas básicas, enxovais para bebês, vale gás e atendimento odontológico, médico e psiquiátrico para muitos necessitados.

Sempre que posso, ajudo outras instituições com doações de livros, alimentos e outras coisas. Além disso, é claro, ministro muitas palestras, cursos, desenvolvo estudo sistematizado para os iniciantes do espiritismo e muito mais. Meu amigo, definitivamente, há algo errado...

– Todos nós quando chegamos aqui tivemos a mesma impressão que você está tendo... "Há algo errado", "eu não merecia estar aqui", "fiz isso", "fiz aquilo", "ajudei esse", "ajudei aquele", "dediquei-me a isso, àquilo e tudo mais". Mas uma coisa é certa: se você está aqui, é porque você merece estar aqui.

– Meu Deus! O que está acontecendo comigo? O que será que fiz de errado para merecer isso? Onde estão meus mentores espirituais? Onde está a minha mentora que sempre esteve ao meu lado no centro espírita? O que faço agora? – disse Moisés se sentando em meio ao lamaçal.

O senhor e todos que estavam ao lado da figueira se afastaram, deixando Moisés sentado sozinho. As lágrimas escorreram pelo rosto cansado e arrependido de Moisés. Seus pensamentos estavam confusos e uma enorme tristeza invadiu o seu coração. Ele chorava sozinho em meio à escuridão e ao lamaçal do Umbral, quando uma menina negra bem jovem se aproximou do moribundo médium jogado no chão.

– Moisés.

– Sim – disse ele levantando o rosto e olhando para a jovem.

– Como você está?

– Não dá para ver? Olha para mim. Olhe para o que sobrou de um homem que dedicou quase toda a vida ao próximo.

– Vejo que você está muito triste.

– Eu não estou somente triste, eu gostaria de saber onde foi que errei... Primeiro, eu não merecia morrer; segundo, eu não merecia acordar no Umbral. Quem é você?

– Uma amiga.

– Eu não me lembro de você.

– Não se preocupe comigo. Eu quero te ajudar.

– Até que enfim alguém que entende o que está acontecendo comigo.

– Olha, Moisés, eu não poderei fazer muito por você... Como você mesmo pode ver, a minha condição não é muito diferente da sua.

– Você vive aqui?

– Eu também acordei aqui.

– Você é espírita?

– Sim, sempre fui espírita.

– Parece que esse lugar é somente de espíritas...

– A maioria dos que você vê vagando por aqui foram ou são espíritas, mas por aqui há espíritos de outras religiões e até os que não têm religião.

– Mas por que mereceram isso? Como assim?

– Pelo que andei apurando aqui, esses espíritos espíritas não eram espíritas de verdade... Eram pessoas que se envolveram de alguma forma com o espiritismo, mas, na essência, nunca se desprenderam do mundo material.

– Como assim?

– Eram pessoas que realizavam projetos sociais, mas por dentro se sentiam o máximo praticando uma suposta caridade. Julgavam que, ajudando os pobres com sopas, cestas básicas, roupas, enxovais, orientações evangélicas, etc, eram superiores a elas. Faziam tudo aquilo se achando mais evoluídos do que aqueles que ajudavam em suas supostas caridades. Se sentiam superiores aos irmãos infelizes.

Calado, Moisés ouvia a jovem falar. Em seu peito, a angústia e a dor do arrependimento só aumentavam.

– De que adiantam os passes, as palestras, a pregação evangélica através das obras espíritas se, por dentro, a intenção, a vontade e o desejo não são tão sinceros quanto as palavras proferidas por pseudoespíritas? De que adianta ajudar uma instituição de caridade financeiramente se, quando você faz a doação, está esperando receber algo em seu benefício?

Moisés, calado, chorava como se aquelas palavras fossem para ele.

– De que adianta, Moisés, você falar a palavra de Deus se sentindo superior àqueles que confiavam em seus ensinamentos e você sempre colocá-los em posição de inferioridade, enchendo seu peito de orgulho e vaidade, deixando o ego superar o amor e as palavras evangelizadoras que lhe foram oportunizadas ensinar?

– Quem é você?

– Uma amiga, como já lhe disse.

– Por que me diz tudo isso?

– Estou simplesmente mostrando porque este lugar está cheio de espíritas.

– Qual o seu nome?

– Me chamo Angélica.

– Mas você é tão jovem. Como pode ter tanta sabedoria?

– É que, sempre que posso, venho para cá ajudar pessoas como você.

– Você trabalha aqui?

– Quando sou convidada ou quando recebo permissão.

– Por que está vestida assim?

– Assim como?

– Você me parece ser um espírito evoluído, mas está com as roupas sujas como as minhas.

– O que vestimos por fora nem sempre condiz com o que carregamos por dentro. Muitas vezes, os espíritas discriminam aqueles que chegam ao centro espírita malvestidos e valorizam sempre os que se vestem de roupas caras.

– Eu sempre orientei os trabalhadores do centro que eu dirigia para não olharem as pessoas por fora.

UM ESPÍRITA NO UMBRAL

– Nem sempre as pessoas praticam o que dizem. Aqui não há como mentir, Moisés.

– Perdoe-me, Angélica. Eu, muitas vezes, tratei melhor quem estava bem vestido. Tudo o que você me falou até agora desperta em mim o que fiz de errado em minha caminhada espírita. Se tem algo honesto aqui, são as suas palavras, e agora eu começo a compreender por que acordei no Umbral. Nunca pensei que haveria esse juízo quando eu me desligasse do meu corpo físico. Sempre achei que, por ser caridoso e ter dedicado quase toda a minha vida ao próximo, eu estaria livre dessas zonas de sofrimento.

Eu errei muitas vezes, confesso. Mas estou disposto a reparar todos os meus erros e seguir em frente.

– Temos que ter permissão para isso.

– Você por acaso sabe da minha mentora espiritual?

– Quem é sua mentora espiritual?

– Ela me disse se chamar Jordana. Ela sempre aparecia para mim e me orientava em tudo o que eu deveria fazer. Cheguei até a escrever alguns textos ditados por ela que, infelizmente, não consegui transformar em livros.

– Eu não sei quem é sua mentora espiritual. Infelizmente, não tenho como ajudar você. Venha, precisamos sair daqui.

– O que houve?

– Está chegando a hora da chuva.

– Hora da chuva?

– Sim, todos os dias chove aqui.

– Estranho... eu nunca tinha ouvido falar sobre isso.

– Todos os dias chove no Umbral. Normalmente, essa chuva acontece no final do dia no plano dos encarnados e reflete aqui no Umbral.

– Para onde vamos?

– Vamos nos abrigar em alguma caverna. Eu conheço uma onde fico às vezes, e você pode ficar comigo lá.

– Está bem...

Muito fraco e com dificuldades para andar, Moisés seguiu a jovem Angélica até uma pequena caverna perto do lugar onde eles estavam.

– Vamos, Osmar.

– Sim, vamos...

Eu saí daquele encontro muito reflexivo sobre tudo o que vi e aprendi naquele dia com Lucas. Sou e serei eternamente grato por essas experiências, as quais me transformam todos os dias.

Lucas me levou até minha casa e nos desligamos da psicografia.

"

Há muitas moradas na casa do meu Pai.

"

Jesus

O dia seguinte

Passados dois dias, Lucas me procurou para darmos continuidade a esta psicografia.

Eu nada falei. Apenas segui meu mentor mais uma vez para dentro do Umbral.

Chegamos à caverna e encontramos Moisés dormindo. Angélica mexia em uma pequena fogueira com um graveto na mão.

Lucas apareceu naquele momento para conversar com Angélica.

– Olá, Angélica.

– Oi, Lucas! Que bom vê-lo por aqui!

– Trago em desdobramento um médium que está escrevendo sobre o Moisés.

– Que ótimo!

– Trago também notícias do Gilberto.

– Não me deixe curiosa, Lucas, não é justo.

– Você poderá levar Moisés para ser assistido.

– Eu estava ansiosa por essa notícia. Obrigada, querido amigo.

– Assim que ele acordar, dê a ele a boa notícia. Mas antes leve ele para se despedir.

– Você acha necessário?

– É sempre bom nos despedirmos daqueles que ficam.

– Seguirei as suas orientações e o levarei assim que ele acordar. Obrigada por sua ajuda sempre.

– Até breve, Angélica.

– Gratidão eterna, Lucas.

– Osmar, eu vou deixar você com Angélica e com Moisés. Não se preocupe, apenas escreva tudo o que lhe for mostrado.

– Deixa comigo, Lucas.

Lucas nos deixou e ficamos ali na caverna: eu, Angélica e Moisés. A chuva havia passado, mas o lugar continuava frio e tétrico. Após algum tempo, finalmente Moisés acordou.

– Desculpe-me ter dormido tanto.

– Não tem de que se desculpar, Moisés.

– Estou com frio e com fome.

– Vou colocar mais um pouco de lenha para aumentar o calor. Nesse momento, não tenho nada para oferecer para você se alimentar.

– Obrigado – desse Moisés se sentando.

Após um curto silêncio, Angélica resolveu dar a boa notícia a Moisés.

– Moisés.

– Sim?

– Se pudesse, você desejaria se despedir dos seus familiares e amigos?

– Sim, eu gostaria de saber como todos ficaram com a minha morte.

– Sabe que pode ter muitas decepções.

– Não acredito que meus companheiros de centro espírita vão me decepcionar.

– Devo informá-lo que nem tudo o que aparenta ser na verdade é. Não conhecemos as pessoas como realmente elas são.

– Você está me assustando, Angélica.

– Minha intenção não é assustar você, mas alertá-lo que nem sempre as pessoas são o que elas aparentam ser, principalmente dentro dos centros espíritas.

– Ah, meu Deus! O que me espera?

– Quer ir ao seu enterro?

– Posso?

– Temos permissão. Se você desejar, eu posso levar você até a capela, e aí você poderá assistir ao seu enterro.

– Então vamos.

– Você está bem? Se sente forte para irmos até o velório?

– Forte e preparado eu não estou, mas acho que vai ser bom para mim, rever meus amigos e me despedir deles.

– Então se levante e feche os olhos – disse Angélica, ficando de pé na frente de Moisés.

Após seguir as orientações da jovem, Moisés e Angélica chegaram à capela onde seu corpo estava sendo velado. Eu os acompanhava em desdobramento. A emoção de ver todos ali mexeu muito com Moisés, que, apoiado por Angélica, chorou por alguns minutos olhando para todos.

O lugar estava bem cheio e estava muito perto da hora do sepultamento. Eliane estava debruçada sobre o caixão se despedindo do sobrinho desencarnado.

Margarida e Fernando estavam ao lado de Sérgio. Estavam preparados para serem os que levariam a urna fúnebre até o carrinho que conduziria os restos mortais de Moisés ao sepulcro.

Carlos estava inconsolável.

– Despeça-se dos seus familiares e amigos, Moisés – disse Angélica.

– Eu não deveria ter morrido agora... Tinha tantos planos para a casa espírita...

– Estava em seu projeto encarnatório desencarnar nesse dia, nesse tempo e ao lado desses que agora se despedem de você.

– Logo que acordei no Umbral e percebei que estava morto, eu me acalmei e me conscientizei que nada poderia fazer. A morte não é como eu pensava. A morte é um acontecimento real, em que, ao despertarmos fora do corpo, percebemos que não pertencemos mais ao mundo dos vivos, e isso é tão real que não temos como fugir dessa realidade dentro de nós.

– Ainda bem que você não sofreu odiando o Criador por sua passagem para a vida espiritual.

– Eu não culpo Deus por isso. Nunca culpei Deus por nada o que passei em minha vida. Sempre aceitei minhas provas com resignação. Eu sei que tudo o que me aconteceu teve um objetivo.

– Quem bom que você está conscientizado sobre a vida após a vida terrena.

– Depois que um raio caiu sobre a cabeça do meu pai matando-o imediatamente, eu aprendi que, contra a vontade de Deus, não há nada que possamos fazer. Eu aprendi que devemos aceitar as provas e, através delas, nos modificar.

UM ESPÍRITA NO UMBRAL

Quando você me falava das atitudes de um espírita, eu percebi que nem sempre eu era caridoso, nem sempre eu fui amoroso, nem sempre eu fui cristão. Muitas vezes, o que eu achava que era caridade era, na verdade, uma troca que eu achava que estava fazendo com Deus. A nossa relação com Deus não é nem nunca pode ser comercial. Agora eu percebo as coisas que errei.

Vendo meu corpo esticado dentro desse caixão, percebo que poderia ter feito mais. Que eu poderia ter melhorado mais, que eu deveria acreditar naquilo que eu mesmo pregava, deixar a hipocrisia de lado e ser mais sincero não só comigo, mas principalmente com Deus. Porque você pode até enganar as pessoas, enganar seus amigos, familiares e colegas. Você pode enganar uma sociedade inteira, mas você nunca conseguirá enganar Deus.

– Vejo que os ensinamentos espíritas começam a refletir sua aura.

– Eu deveria ter ouvido mais a minha mentora quando ela me dizia para suportar as provas que me eram apresentadas e extrair delas a nobreza espiritual que, segundo ela, um dia eu iria precisar. Vejo que chegou esse dia... Agora eu tenho que colocar em prática tudo o que preguei, ensinei e aprendi com os espíritos.

– Agora, eu quero que você olhe para dentro de cada um de seus companheiros do centro espírita. Quero que você olhe para dentro de cada amigo seu que está aqui e veja, realmente, que o que você fez surte efeitos em alguns; mas, infelizmente, não em todos.

– Eu sempre me achei superior aos meus amigos e colegas do centro espírita. Eu achava que, por saber um pouco mais e ser o presidente, eu receberia um tratamento diferente quando chegasse à vida espiritual.

– Olhe para dentro deles – insiste Angélica.

Naquele momento, Moisés olhou para seus companheiros de vida e, o que ele enxergava, passo a relatar para todos vocês.

Margarida: "Agora eu vou assumir a presidência e muita coisa vai mudar, vá em paz, Moisés...".

Sérgio: "O caminho está aberto para mim. Vou cuidar da evangelização e dos estudos do centro espírita. Agora eu vou colocar as coisas do meu jeito...".

Fernando: "Que seja recebido por Jesus na vida espiritual, querido amigo, e obrigado por ter me ensinado tanto...".

Carlos: "O que vai ser da nossa lojinha, Moisés? O que falo para nossos clientes e amigos? Descanse em paz, meu patrão e amigo...".

Eliane: "Vou ficar com seus bens, inclusive com a fazenda que você se negava a vender. Agora vou colocar tudo à venda. Prometo que vou doar uma parte de tudo para o centro espírita; o resto, guardarei para mim".

– Por que você está me mostrando isso, Angélica?

– Normalmente, não é mostrado o que as pessoas sentem e demonstram nos enterros, mas mostramos para que você saiba que nem todos estão tristes com sua partida. Alguns, infelizmente, por mais que você tenha se esforçado, não aprenderam a amar.

Os próximos passos serão fundamentais em sua jornada aqui na vida espiritual. Mostramos que a maioria ama você e que sua ausência deixará um vazio em muitos corações.

Mostramos isso para que os dirigentes que lerem esta obra saibam que, por mais que eles se esforcem, nem todos reconhecerão o seu trabalho, mas isso não é motivo para desistirem.

Mostramos isso porque é importante que todos saibam que os verdadeiros sentimentos se exteriorizam nessa hora. É na dor e na ausência da pessoa que sabemos quais são as verdadeiras intenções para com elas.

Mostramos isso para que todos vocês saibam que são infinitas as possibilidades aqui. Para você merecer ver o que Moisés está vendo, sirva para desfazer qualquer dúvida em relação às pessoas que estavam ligadas a você nessa encarnação.

Se houvesse qualquer possibilidade de Moisés odiar qualquer uma dessas pessoas que estão aqui, isso não seria permitido, pois não estamos no universo para instigar os espíritos a se vingarem de qualquer um que tenha atravessado seu caminho. Assim, Moisés, permitimos que você assistisse ao seu enterro para que você fique em paz e saiba que as coisas vão seguir em frente, mesmo você não estando mais presente fisicamente.

– Eu agradeço por você ter me trazido aqui.

– Tudo na vida espiritual é merecimento. Comece aprendendo isso.

– Eu posso abraçar meus amigos?

– Claro que sim.

Moisés abraçou todos com lágrimas nos olhos.

O cortejo seguiu para o sepultamento. Moisés e Angélica voltaram À caverna no Umbral. Após algum tempo refletindo, Moisés olhou para Angélica e perguntou:

– Eu posso perguntar uma coisa a você, Angélica?

– Sim, claro que pode.

– Por que você está me ajudando?

– Eu ajudo espíritas que chegam aqui.

– Esse é seu trabalho?

– Sim, faço isso há um bom tempo.

– Mas você é tão jovem.

– Minha juventude incomoda você?

– Não, não incomoda, só acho estranho uma menina como você estar aqui nesse lugar horroroso.

UM ESPÍRITA NO UMBRAL

– Há lugares piores aqui.

– Eu estudei muito sobre isso, só não imaginava ser tão real.

– As realidades aqui são um pouco diferente daquelas que vocês recebem através de alguns mensageiros. Costumam ser bem piores.

– Como assim?

– Alguns escritores distorcem as informações. Não porque querem, mas porque não as compreendem.

– Entendo. E isso não atrapalha o trabalho de vocês?

– De forma alguma. As informações podem não ser fidelíssimas, mas remetem ao que queremos mostrar, e isso basta.

– Entendo.

– Como você está se sentindo?

– Eu me sinto bem, parece que meu corpo está melhorando.

– Se sente melhor do que quando chegou?

– Sim, bem melhor.

– Está preparado para uma viagem?

– Viagem para onde?

– Há postos de socorro aqui no Umbral, e eu gostaria de te levar a um deles.

128

– Eu preciso passar por um posto de socorro?

– Olhe bem para seu corpo espiritual. O que você acha?

Embora estivesse se sentindo melhor, o perispírito de Moisés ainda estava com a luminosidade fraca, transparente e com algumas falhas em partes do corpo espiritual.

– Pelo que estou vendo, preciso mesmo de ajuda. Me sinto fraco e sem forças...

– É uma caminhada um pouco longa. Para isso, preciso que vocês descansem um pouco mais. Só assim terá ânimo e força para suportar a viagem.

– Você está me assustando... Como assim ânimo e força?

– Não tem nada a temer. Descanse que amanhã logo cedo receberemos uma visita. Esse amigo vai nos acompanhar até o nosso destino.

– Esse seu amigo é um mentor espiritual?

– Sim, ele é um espírito amigo de muita luz.

– Por acaso ele seria um dos meus mentores espirituais que vem para me ajudar?

– Não, ele não é seu mentor espiritual. Ele trabalha aqui no Umbral em sempre que preciso, peço ajuda a ele e ele me ajuda.

– Que bom! Qual é o nome dele? Você pode me dizer?

– Amanhã eu vou lhe apresentar o nosso amigo. Agora, descanse e se prepare para uma longa viagem.

– Está bem.

– Eu vou aumentar a fogueira para você se aquecer... descanse. Vou sair e trazer algo para você beber.

– Estou mesmo com muita sede.

– Eu voltarei trazendo água para você.

– Obrigado, Angélica.

– Descanse. Eu já volto.

– Obrigado!

Moisés se deitou a fim de recuperar as forças para a viagem do dia seguinte.

O que aguardava Moisés no posto de socorro dentro do Umbral? Quem era o mentor que esperamos?

> "
>
> *Você domina as palavras não ditas, porém está subordinado aquelas que pronunciou.*
>
> "
>
> *André Luiz*

Redescobrindo-se

O que parece ser um amanhecer no Umbral é, na verdade, algumas horas em que o silêncio predomina em todas as regiões. Assim, os espíritos pressupõem que é chegada a noite e que todos estão dormindo.

Fortes trovões são ouvidos em todas as partes do Umbral naquela hora. Um vulto se aproximou da caverna em que Angélica e Moisés descansavam. Lentamente, o espírito amigo se aproximou para acordar Moisés.

– Bom dia, Angélica.

– Querido amigo! Como é bom lhe receber – disse a jovem se levantando rapidamente e abraçando o amigo mentor.

– Eu estou feliz em poder ajudar você mais uma vez. Fique certa disso.

– Ainda bem que temos muitos amigos por aqui...

– Como está Moisés?

– Passei toda a noite auxiliando ele em sua recuperação perispiritual.

UM ESPÍRITA NO UMBRAL

– Vejo que ele está bem melhor.

– Está apto a seguir para o posto de socorro.

– Acorde-o e vamos levá-lo quanto antes, o tempo não nos favorece hoje no Umbral.

– Eu ouvi estrondos.

– São as batalhas que estão acirradas.

– Seria muito mais fácil se todos aceitassem a evolução.

– Graças ao livre-arbítrio, ainda teremos muitos anos de lutas diárias por aqui até que todos os que não mais permanecerem sejam exilados.

– Já temos essa previsão?

– Alguns anos nos afastam da paz necessária ao Umbral.

– Seguimos auxiliando.

– Isso, vamos em frente, auxiliando os mais necessitados.

Angélica se aproximou de Moisés e o acordou.

– Moisés, Moisés...

– Sim... – disse ele esfregando os olhos. – Onde estou, o que houve?

– Dormiu em sono profundo, meu amigo?

– Quem é você?

– Me chamo Lucas.

– Sim, eu acho que o conheço... Desculpe-me, mas eu estava dormindo em sono profundo. Não sei o que me aconteceu para estar assim? Desculpe-me, Angélica.

– Tudo bem. Todos passam por isso quando acordam aqui.

– Parece que dormi durante séculos.

– Séculos não foram, mas foram algumas horas – disse Lucas.

– É você que vai conosco até o lugar de socorro, Lucas?

– Sim, iremos ao posto de socorro da Colônia Espiritual Amor e Caridade. O doutor Gilberto deseja vê-lo.

– Quem é Gilberto?

– O médico responsável pelo posto de socorro.

– E por que ele quer me ver?

– Para ajudar você a recuperar sua condição perispiritual e capacitá-lo para seguir adiante.

– É nesse posto de socorro que isso é feito?

– É nos postos de socorro que são feitos os primeiros atendimentos. Dependendo da sua recuperação lá, você será encaminhado até uma colônia espiritual, onde outros tipos de tratamento podem ser aplicados, devolvendo-lhe as condições espirituais que você precisará para seguir evoluindo.

– Eu sei que são nas cidades espirituais que reprogramamos nossas encarnações. Isso é verdade?

– Sim, nas cidades espirituais, há vários setores e departamentos que capacitam os espíritos para novas experiências terrenas e os aperfeiçoam para seguirem em frente.

– É para isso que eu estou sendo levado ao posto de socorro?

– Você está sendo levado ao posto de socorro ao qual nós, eu e Angélica, estamos ligados.

– Como assim?

– Quando conseguimos a condição espiritual que nos possibilita ajudar nossos irmãos que sofrem no Umbral, temos a permissão de resgatá-los e os levamos para os postos de socorro que estão ligados a nós ou aos que pertencem à colônia em que vivemos.

– Vocês são de Amor e Caridade?

– Sim, somos trabalhadores da colônia espiritual Amor e Caridade.

– O que eu preciso ter para poder fazer o que vocês fazem?

– Você precisa adquirir condições espirituais para isso.

– E como consigo?

– Evoluindo.

– E como evoluo? Pelo que vi, todos os meus anos dedicados ao centro espírita de nada valeram.

– Seu trabalho dedicado ao outro permitiu que você fosse auxiliado por nós. Seu esforço não foi totalmente em vão, e vamos lhe mostrar isso.

– Sinto-me um lixo... Realmente tudo o que fiz em favor do espiritismo tinha escondido meus desejos íntimos, e foram eles que me trouxeram para cá.

– Colhe-se na vida espiritual o fruto da semeadura terrena.

– Meu fruto está sendo amargo. Eu sempre pensei que o dia em que eu desencarnasse seria recebido com festa em alguma cidade espiritual, e olha onde me encontro. Não quero desmerecer o amparo dos amigos, mas estou praticamente mendigando ajuda neste lugar horrível.

O reflexo do que fiz me condicionou a sofrer agora aqui no Umbral. Sinto fome, sinto frio, sinto vergonha de estar sendo ajudado por uma menina com idade para ser minha filha. Eu nunca imaginei que passaria por isso... Nunca pensei que todo o meu esforço e dedicação resultariam em dor e sofrimento para mim.

Naquele velório, eu vi que, na verdade, os meus amigos estavam eram felizes com meu desencarne, pois assim eles teriam o território livre para exaltarem seus egos, suas vaidades e seus desejos íntimos, escondidos numa falsa caridade. Desejos iguais aos que me tiravam da cama todos os dias e me levavam ao centro espírita. Eu gostava de ser o centro da atenção de todos, eu gostava de ser chamado de presidente, eu gostava de ser chamado de médium. Tola vaidade... tudo o que eu sentia era, na verdade, reflexo de minhas imperfeições, e foram elas que me trouxeram para onde estou.

A religião espírita veio para nos libertar, mas nossa baixa intelectualidade faz os sábios espíritas rastejarem nos pântanos da imperfeição, aqueles que têm respostas prontas para tudo.

Tolos irmãos... não somos nada, não sabemos nada, não significamos nada quando a hipocrisia faz parte do nosso viver e do nosso dia a dia. O que adianta projetos pomposos, prédios luxuosos, livros, filmes, monólogos, peças teatrais, projetos evangelizadores e assistências se o falso espírita os dirige? De que adianta fazer valer os desejos ocultos revestidos de caridade quando, na verdade, o que existe é o desejo de poder e fama?

Quem fui como espírita? Quem são os espíritas de verdade?

– Percebemos que o irmão está cada dia melhor.

– Estou me conscientizando de tudo o que fiz de errado e das oportunidades que desperdicei travestido de espírita.

– Moisés, temos muito o que conversar. Precisamos partir o mais rápido possível. Você se acha pronto para irmos?

– Sim, Lucas, estou pronto. Podemos partir.

– Vamos logo, Angélica – disse Lucas se aproximando da porta da caverna a fim de dar início à caminhada em direção ao posto de socorro.

Os trovões se intensificaram no Umbral. Raios cortavam o negro céu que quase não era visto devido a nevoa escura que cobre todo o lugar.

Sozinhos, Lucas, Angélica e Moisés se puseram a caminhar pelas trilhas escuras em direção ao posto de socorro. Angélica havia dado a Moisés uma capa que lhe cobria todo o corpo, com um capuz da mesma cor.

Encapuzados e evitando as regiões populosas do Umbral, eles caminharam sem nada dizer por algumas horas até chegarem a uma estreita trilha. Mesmo sem querer, teriam que enfrentar alguns desafetos.

– Lucas, estamos chegando ao corredor.

– Sim, vamos nos manter juntos e não aceitemos as provocações. Assim, acredito que conseguiremos passar sem sermos percebidos.

– Moisés, esse lugar é uma prova muito difícil para você, certamente algum desafeto seu está na espreita esperando você se aproximar. O segredo para vencê-los é não dar ouvidos às provocações. Os espíritos que são nossos desafetos na vida material, quando sabem de nosso desencarne, amontoam-se nessa trilha porque não há outro caminho que divide os Umbrais. Sendo assim, cedo ou tarde, você iria passar por aqui.

– Que maldade... E eu pensando que, na chegada à vida após a morte, todos se arrependessem do que fizeram e se tornassem melhores.

– Você está muito engando. O que acontece aqui é exatamente ao contrário do que você pensou. Aqui, se potencializa o caráter dos espíritos. Se você tem um bom caráter, você melhora rapidamente; agora, se o seu caráter for ruim, ele é potencializado ao se juntar com outros espíritos que pensam como você.

– Ninguém vira anjo ou santo porque morre, Moisés – disse Angélica.

– Por que somos assim, Lucas?

– Porque é livre e sempre será.

– Por que as pessoas sempre querem destruir o que se faz de bom? Eu me lembro dos inimigos que contraí por me dedicar ao outro. Fui perseguido quando decidimos abrir um abrigo para órfãos pelos órgãos que deveriam cuidar dessas crianças. Tive muitos problemas, e até desistimos de abrir o lar de idosos, pois a leis municipais e federais nos impossibilitaram de dar assistência aos que morrem todos os dias nas calçadas das grandes cidades. Ou nos alinhávamos aos ideais políticos deles, ou não teríamos as licenças necessárias para o funcionamento das instituições. Nunca se pensou em caridade, nunca se pensou no outro.

– Aqui não é diferente. O Umbral é subdivido pelos interesses dos líderes que dominam as massas. Aqui, a confiança e a fidelidade são compradas com coisas baratas.

– Meu Deus! Como eles conseguem isso?

– Há espíritos milenares que vivem aqui. Alquimistas que conseguem plasmar, bebidas, drogas e muitas coisas que parecem inimagináveis para o mundo dos espíritos, mas que se tornam realidades nas favelas dos Umbrais.

Todos que estão encarnados precisam se conscientizar de que aqui reflete o que você vive aí; e o que você vê aí, torna-se realidade para aqueles que vivem aqui.

Deus não cuida com exclusividade de um filho. Ele criou leis naturais que regem toda a criação: do mineral, ao vegetal; do animal ao hominal. Toda a Criação está sujeita a ela... essa é a Lei.

– Vamos enfrentá-los – disse Moisés.

– Enrole-se na capa e deixe somente os olhos de fora. Eles não precisam nos ver.

Assim, Lucas, Angélica e Moisés se enrolaram em suas capas e começaram a caminhar na estreita trilha, na qual era possível ver centenas de espíritos amontoados em suas laterais. Alguns espíritos estavam sobre lajes colocadas nas paredes laterais, de onde podiam ver perfeitamente quem passava por ali. Eram como tribunas de honra, pois ficavam sentados observando, de fato, quem passava pelo lugar.

Angélica ia a frente, Moisés no meio e Lucas atrás de todos. Foi quando, de repente, um dos homens que estavam sobre uma laje gritou:

– É você, Lucas? É você que novamente se atreve a passar por aqui?

– Lucas parou e retirou o capuz, mostrando-se para todos.

Alguns, assustados com a presença do mentor espiritual, afastaram-se, dando mais espaço para a passagem do grupo.

– O que quer de mim agora, Alamim?

– Quero saber quem é que você está levando dessa vez para o outro lado?

– Não temos nada a lhe dizer. Deixe-nos em paz.

– Não vamos deixá-los passar se você não nos apresentar os novatos.

Oito homens fortemente armados com espadas reluzentes pularam a frente do grupo, impedindo a passagem.

Angélica, assustada, parou ao lado de Moisés, que ficou calado e com muito medo de tudo o que lhes acontecia.

Então, Lucas retirou um pergaminho que trazia consigo e o entregou ao líder do grupo.

– Leia isso, Alamim.

Um dos soldados do homem pegou o documento das mãos de Lucas e o entregou ao líder do grupo. Atentamente, ele começou a ler a mensagem escrita. Após alguns minutos, Alamim faz um gesto com as mãos, liberando a passagem do pequeno grupo.

– Deixe-os passar – ordena o líder, devolvendo a Lucas o pergaminho após a rápida leitura.

– Obrigado, Alamim, por sua compreensão.

– Sumam logo daqui antes que eu mude de ideia.

Lucas colocou novamente o capuz e, ao lado de Angélica e Moisés, voltou a caminhar pela estreita trilha, afastando-se dos desafetos.

O que haveria escrito naquele documento que fez Alamim mudar de ideia após a leitura? Era isso que atordoava a mente de Moisés, que caminhava a passos longos, assustado e querendo logo sair daquele maldito lugar.

– Venham, vamos por aqui – disse Lucas, indicando uma nova trilha à esquerda da estrada que eles estavam.

Após algumas horas caminhando, finalmente a pequena caravana se afastou definitivamente da maldita trilha do Umbral.

– Ufa! Passamos sem grandes problemas – disse Angélica aliviada.

– Ainda bem que trouxe a autorização.

– Lucas, que documento é esse que fez aqueles homens deixarem passar sem grandes complicações?

UM ESPÍRITA NO UMBRAL

– Quer ler?

– Se me for permitido, eu gostaria sim.

Lucas retirou o pergaminho de dentro de sua roupa e o entregou e Moisés, que se sentou numa pedra muito próxima e começou a ler.

Lucas e Angélica aproveitaram o momento para descansarem sentados em outras rochas ao lado de Moisés.

Após a leitura, Moisés se levantou e se aproximou de Lucas.

– Como você conseguiu esse documento?

– É uma conquista pessoal, Moisés.

– Mas esse documento muda tudo o que pensei sobre o Umbral em minha vida espírita.

– Existe muita coisa que ainda não vos foi revelado sobre os planos espirituais, e o Umbral também é um plano de Deus – disse Angélica.

– Mas como pode isso?

– Esse é um pergaminho muito antigo, eu o conquistei por méritos evolutivos. Todos os espíritos que conquistam a pureza espiritual que tenho até agora recebem esse documento. Ele funciona como um passaporte em quase todas as dimensões espirituais. Aqueles que não obedecem ao que aí está escrito são exilados sumariamente para dimensões muito distantes. Isso nos assegura passagem em todos os lugares em que precisarmos estar para auxiliar os escolhidos.

– Quer dizer que fui escolhido?

– Sim, apesar de não ter se saído muito bem na tarefa espírita em sua última encarnação, você tem um passado que lhe condiciona ser assistido por nós.

– Mas eu não me lembro do meu passado espiritual.

– É por isso que estamos levando você para o posto de socorro.

– Lá eu serei lembrado de tudo?

– Não exatamente, mas daremos o primeiro passo em direção a isso.

– Eu gostaria de entender melhor como isso funciona?

– Vamos seguir em frente. Tenha calma que tudo está dentro do planejado.

– Eu sou muito imperfeito mesmo, meu Deus...

– O que houve agora Moisés?

– Eu sequer enxerguei que vocês estão me ajudando. Vejam como a vaidade, o orgulho e o ego me fazem cego. Se eu realmente fosse um espírita, eu estaria em perfeita sintonia com o que vocês estão fazendo por mim.

Tudo o que ensinei, não aprendi. Tudo o que palestrei, não absorvi. Todo o comportamento que exigi dos médiuns, dos alunos e dos frequentadores, não exerci. Sou um espírito cheio de defeitos que realmente precisa passar pelo Umbral para enxergar o que realmente sou.

– Estar no Umbral tem suas vantagens – disse Angélica.

– Eu quero agradecer a vocês por estarem cuidando de mim. Não sei o que seria se tivesse acordado sozinho, se não tivesse encontrado você, Angélica. Uma menina tão jovem que, com sua meiguice, me ensina o que não aprendi em todos os meus anos de espírita.

– Não precisa me agradecer. Ainda vamos revelar muita coisa a você.

– Perdoe-me, Lucas, se fiz algo que não deveria.

– Vamos seguir para o encontro com Gilberto. Essa é nossa tarefa de momento.

– Vamos...

Todos se levantaram e continuaram a caminhada em direção ao posto de socorro de Amor e Caridade.

O que nos espera no posto de socorro de Amor e Caridade?

Não sobrecarregues os teus dias com preocupações desnecessárias, a fim de que não percas a oportunidade de viver com alegria.

André Luiz

Posto de socorro

A caminhada percorrida já causava cansaço em Moisés. Foi quando Lucas, ao perceber a fragilidade do companheiro, indicou uma parada para descanso.

– Vamos descansar um pouco por aqui. O que acham?

– Estou muito cansado e sem forças para continuar – disse Moisés se sentando embaixo de uma árvore sem folhas, que tinha apenas galhos retorcidos e o tronco oco.

– Vamos parar – disse Angélica.

– Como você está se sentindo, Moisés?

– Fraco, sem forças para continuar. Está muito longe ainda o posto de socorro?

– Está perto, vamos fazer assim: eu vou até o posto buscar ajuda. Me esperem aqui, eu não demoro.

– Está bem, Lucas. Esperaremos aqui – disse Angélica sentada ao lado de Moisés, que repousava a cabeça no colo da jovem.

– Deite-se e descanse Moisés. Eu não vou demorar – disse Lucas se preparando para partir.

UM ESPÍRITA NO UMBRAL

– Estaremos esperando você. Não demore... Eu não sei o que está acontecendo comigo, mas me sinto muito fraco – disse Moisés.

Lucas se afastou em meio à névoa, deixando Angélica e Moisés sentados. Exausto e sem energias para continuar, Moisés adormeceu.

A escuridão quase não deixava que Angélica tomasse conta dela e de Moisés. Animais rastejantes passavam a todo tempo muito perto deles, mas Angélica seguia firme em seu propósito assistencial.

Sem eles esperarem, houve um estrondo acontece. Angélica e Moisés foram sugados para as profundezas do Umbral.

– Meu Deus! O que houve?! – gritou Moisés acordando assustado.

Criaturas horríveis, ao perceberem a chegada de ambos, se aproximam, assustando Angélica.

– O que é isso? Quem são essas criaturas? – Moisés gritou desesperado.

– Fique calmo... você nos trouxe para cá.

– Como assim? Eu não fiz nada...

– Você mudou seu pensamento nos alinhando a esse ambiente espiritual. O que desejamos ou alimentamos dentro de nós reflete automaticamente nossa condição espiritual.

– Eu falei que não merecia a ajuda de vocês. Não sou digno de receber qualquer benesse espiritual. Me considero um verme maldito que usou dos conhecimentos espíritas para suprir as necessidades do meu ego. Não sou digno de receber ajuda.

– Tenha calma e volte a pensar em coisas boas. Assim, conseguiremos sair daqui.

– Mas não tenho nada de bom dentro de mim. Toda a bondade que eu exteriorizava nos trabalhos evangelizadores tinha, na verdade, a intenção de salvar meu espírito. Fiz muito mais por mim do que realmente pelas pessoas. Sou um egoísta, pobre de espírito e mereço sofrer muito para purgar toda a maldade que existe dentro de mim. Vá embora, Angélica! Me deixe aqui com esses vermes... estou no lugar certo.

– Tenha calma, Moisés. Pense em coisas positivas. Eu estou aqui para ajudar você, não fique assim...

– Pensar coisas positivas? Como pensar positivo se sou o negativo em pessoa? Como fingir ser o que não sou de verdade? Você não acha que tenho que dar um basta na hipocrisia que me tornei? Olhe quanto mal eu fiz às pessoas que confiavam em minhas pregações. E agora? O que será delas sem mim?

– Você está confuso. Deite-se aqui e descanse – disse Angélica puxando novamente Moisés para se deitar em seu colo.

UM ESPÍRITA NO UMBRAL

Com os olhos arregalados e muito assustado com o que fez, Moisés decidiu obedecer à jovem e se deitou novamente em seu colo. Após alguns segundos, eles retornaram ao lugar em que estavam à espera de Lucas.

Agora, Moisés dorme em sono profundo, e Angélica respira aliviada. Poucas horas depois, Lucas chegou trazendo consigo quatro rapazes.

– Ah, que bom que você chegou, Lucas!

– Demorei um pouco porque o posto de socorro está lotado.

– Vejo que os irmãos estão atarefados.

– Sim, estamos com muito trabalho – disse um rapaz se aproximando e ajeitando Moisés para ser colocado em uma maca trazida por eles para o transporte.

– Acho que ele não vai acordar – disse Angélica.

– O que houve na minha ausência?

– Fomos sugados para as profundezas.

– Pensamentos?

– Sim. Ele baixou muito sua vibração e nos atraiu para as regiões profundas, mas ficamos pouco tempo por lá. Logo eu o convenci a deitar e dormir. Assim voltamos para cá rapidamente.

– Rapazes, vamos mantê-lo adormecido para facilitar a nossa caminhada até o posto e não piorar o seu estado espiritual.

– Pode deixar, Lucas – disse o maqueiro.

Moisés foi colocado na maca e todos se dirigiram ao posto de socorro, Amor e Caridade.

Posto de socorro e atendimento Amor e Caridade, dizia a placa colocada na parede principal da entrada do prédio iluminado.

Existem muitos postos como esse em todas as regiões do Umbral. Esse ao qual chegamos pertence à Colônia Espiritual Amor e Caridade. Eu fiquei muito feliz em poder voltar a esse posto, pois já estive algumas vezes ali acompanhando o resgate e auxílio de vários irmãos que sofriam no Umbral.

O posto é dirigido pelo Dr. Gilberto. Eu tive o privilégio de relatar sua história no livro *O Médico de Deus*. Não deixem de ler esse livro. Vale muito a pena a leitura dessa psicografia para compreender e conhecer esse espírito tão iluminado que dedica sua existência ao auxílio daqueles que chegam ao Umbral em sofrimento.

Os postos de socorro são muito parecidos com as unidades de pronto-atendimento que temos aqui no plano material. São prédios relativamente pequenos, com algumas enfermarias, duas emergências e dois centros cirúrgicos. Há salas da direção, refeitório e salas para descanso dos espíritos que ali trabalham.

O setor mais importante desses postos é a Unidade de Tratamento Intensivo, onde há várias câmaras de refazimento perispiritual. Muita gente me pergunta o que é o tratamento de refazimento perispiritual. Aproveitei a companhia de Lucas para saber um pouco mais sobre esse tratamento, tão comum no Umbral e nas colônias.

– Lucas.

– Sim.

– O que é o tratamento de refazimento perispiritual?

– O perispírito é a forma em que o espírito se apresenta na vida espiritual. Para você entender melhor, o perispírito é invólucro fluídico (semimaterial) que serve de veículo de manifestação do espírito aqui no plano espiritual. Ele é constituído de fluidos próprios do mundo em que estagia. O perispírito também serve de elo entre o Espírito e o corpo físico quando se encontra reencarnado. Alguns chamam o perispírito de alma, mas o correto é chamá-lo de perispírito, como ensinamos.

– E o que é o tratamento de refazimento perispiritual?

– Acontece que, dependendo do que você sente, pensa, convive e prática, esse corpo espiritual sofre lesões que precisam ser reparadas na vida espiritual para que o espírito consiga se manifestar. Caso o perispírito não seja restaurado, recuperado ou até mesmo refeito, o espírito não consegue se manifestar. É o caso, por exemplo, dos infelizes irmãos de perdem totalmente sua forma perispiritual, tornando-se ovoides, como já mostramos em outras psicografias.

– Sim, eu me lembro que você nos ensinou tudo sobre ovoides no livro *O Diário de um Suicida* e citou todo o processo em outros livros.

– Esses infelizes irmãos que agridem seu corpo espiritual precisam de refazimento para conseguirem interagir conosco e seguir em frente aqui e nas colônias espirituais. Para nós na vida espiritual, o perispírito é como o corpo humano para vocês na vida material.

– Eu lembro, Lucas, que a Nina nos ensina que pessoas que sofrem com o câncer e fazem radioterapia e quimioterapia, quando chegam à vida espiritual, são imediatamente levadas para o refazimento.

– Ela está certa. A quimioterapia e a radioterapia, assim como outros elementos que existem na vida terrena, deformam o perispírito. Por isso, logo que esses pacientes chegam aqui, eles são levados ao refazimento para conseguirem alcançar as condições ideais para viver entre os desencarnados.

– Será por isso que às vezes vejo espíritos deformados vagando pelo Umbral?

– Esses infelizes irmãos sequer têm consciência de que estão desencarnados. Sua incapacidade é tão grande que sequer reparam que seus corpos espirituais estão danificados.

– Meu Deus!

– Há muito a ser aprendido por vocês antes de chegarem à vida espiritual. Não desperdicem as oportunidades evolutivas e os ensinamentos que trazemos através das psicografias.

– Estou me dedicando ao máximo, Lucas.

– Faça isso e continue a relatar tudo o que você vê nesse momento.

– Deixa comigo, Lucas.

O movimento era grande no posto de atendimento. Gilberto, vestido de branco, estava sempre sendo auxiliado por Alexandre e Isabel. Eles trabalham juntos nos atendimentos aos feridos que ali chegam ou aos espíritos que buscam ajuda para serem resgatados e seguirem seus destinos evolutivos. Muitos espíritos chegam ao Umbral nessas condições.

Como todos sabemos, o Umbral é um lugar muito escuro, sombrio e fétido. Mas essa unidade é tão iluminada que, a seu redor, ficam alguns espíritos desejosos de luz. Há habitações precárias construídas ao redor do posto por espíritos que sentem a necessidade de luz para viver e ainda não têm conhecimento ou desejo de procurar ajuda para seguirem evoluindo.

Esses centros de atendimento foram plasmados para dar apoio às caravanas de resgate que trabalham nessa região de sofrimento, além de serem um local onde os espíritos podem buscar ajuda.

Existem centenas de postos de atendimento espalhados por todas as regiões do Umbral. Na verdade, cada Colônia tem um ou mais posto de socorro para auxiliar e amparar aqueles que precisam de ajuda e a buscam. Além disso, dão oportunidade aos espíritos que, através do trabalho de assistencialismo nas regiões de sofrimento, conquistam sua evolução espiritual.

Ninguém é obrigado a ir para esses postos de socorro. Somos livres, sempre livres...

Moisés foi levado pelos maqueiros para a câmara de refazimento.

– Bom dia, Lucas.

– Como vai, meu amigo?

– Estamos bem.

– Olá, Alexandre, Isabel...

– Oi, Lucas! Que bom que você está aqui! – disse a doce Isabel.

– Trouxemos o Moisés. Ele é espírita e, como vocês podem ver, suas condições perispirituais são debilitadas e ele precisa de um refazimento imediato.

– Essa é a Angélica, ou melhor, Jordana – diz Lucas, apresentando a jovem a todos.

Naquele momento, algo incrível aconteceu diante meus olhos. Aquela menina malvestida e suja que encontramos no Umbral tentando auxiliar Moisés havia se transformado em uma mulher linda, vestida de branco que irradiava uma luz intensa.

Imediatamente, percebi que Angélica, na verdade, era uma linda mentora espiritual e que, por algum motivo, não se mostrou para seu tutelado como deveria.

– Seja bem-vinda, Jordana – disse Gilberto.

– Eu estava muito ansiosa em poder trazer o Moisés para seus cuidados, doutor.

– Eu agradeço a oportunidade de poder ajudar o Moisés. Nossa equipe assume o tratamento do nosso irmão daqui em diante. Primeiramente, vamos refazer seu perispírito; logo, ele será levado à câmara de conscientização, onde poderemos mostrar um pouco de suas encarnações anteriores. Certamente, ele se sentirá mais acolhido e seu estado espiritual há de melhorar.

– Eu não tenho dúvidas de que o Moisés está em boas mãos. Agradeço a você, Lucas, por toda ajuda. Agora tenho que ir até a colônia para me encontrar com a Nina. Temos assuntos a tratar.

– Eu vou aproveitar que a Jordana vai até Amor e Caridade para cuidar de trazer os pares de Moisés. Precisamos preparar tudo.

– Sigam para suas tarefas. Eu e minha equipe cuidaremos de tudo – disse Gilberto cumprimentando Lucas e Jordana, que deixaram o lugar.

– Venha, Isabel. Vamos dar uma olhada em nosso novo paciente.

Gilberto, Alexandre e Isabel se dirigiram até a câmara de refazimento para observar Moisés. Ele estava sendo deitado em uma cabine, dentro da qual havia uma forte luz de cor verde.

Eu reparei haverem feito uma limpeza em Moisés, pois seu corpo estava diferente. Ele estava muito limpo, e suas vestes haviam sidos trocadas. Agora eram brancas.

– Coloque ele dentro da cabine – disse Gilberto.

Os enfermeiros pegaram Moisés ainda dormindo e o colocaram no interior do equipamento, que me pareceu ser futurista. Era uma cabine onde o paciente era colocado e, em seguida, trancado dentro dela. Havia uma névoa branca dentro da cabine, muito sutil. Eu reparei que Moisés respirava aquele vapor fluídico.

Havia dezenas dessas cabines em todo aquele lugar. Muitos espíritos estavam adormecidos fazendo aquele tipo de tratamento. Eu vi jovens, senhoras, senhores. Eram dezenas de pacientes sendo atendidos ao mesmo tempo.

Tudo muito limpo e organizado.

Ao lado de uma cada dessas cabines, havia uma pequena mesa com um jarro de água e um copo.

Curioso é que todas essas cabines estavam suspensas. Elas não tinham pés. Flutuavam e iluminavam todo o am-

UM ESPÍRITA NO UMBRAL

biente com suas luzes. Algumas tinham luz violeta, outras azul, outras amarelas. Enfim, eram muitas cabines e todas tinham pacientes dormindo, sendo usadas cores diferentes. Todos estavam sendo tratados pelos fluidos daquele posto de socorro.

Tudo me impressionou muito.

Certamente, os postos de socorro e as colônias espirituais estão para além de nossa imaginação. Tudo é muito perfeito, e os seres que vivem nessas cidades estão sempre muito preocupados em auxiliar aqueles que chegam doentes.

Eu já escrevi muitos livros e, sempre que entro em uma nova psicografia, algo novo me é revelado. É impressionante como tudo acontece, e aconselho a todos os espíritas (ou não) a começarem a modificar suas crendices. Isso porque há muitas coisas a serem reveladas pelos espíritos para a nossa evolução.

As colônias, as cidades, os planos, as estações. Chame-as como quiser: é lugar de moradia dos espíritos. Todos nós, ao deixarmos a encarnação, seremos levados para algum lugar. Se é bom, depende de como estamos vivendo a vida. Se for ruim, é colheita daquilo que estamos vivendo dentro de nós. Como disse nosso irmão Jesus, nosso tesouro está onde estiver nosso coração.

Assim, eu sugiro que você que está lendo esta obra reflita bastante sobre as linhas por mim psicografadas.

Nossos irmãos que nos trazem essas informações somente desejam que tenhamos a compreensão de que Deus cuida de todos os seus filhos, independentemente da condição em que estiver ou até mesmo de sua crença.

Acredite: há algo maior nos esperando na vida espiritual.

> "
>
> *Deus dá aos seus melhores soldados as mais difíceis batalhas.*
>
> "
>
> *Frei Daniel*

Acordando

Após alguns dias, Moisés foi acordado pelos trabalhadores do posto de socorro.

A cabine se abriu lentamente e, aos poucos, Moisés acordou do sono profundo em que se encontrava. Seu corpo estava perfeito; as mazelas vistas anteriormente haviam desaparecido.

Vimos que ele estava muito bem. Seu estado espiritual era perfeito. Seu perispírito estava totalmente recuperado.

Alto e forte, Moisés despertou e olhou para todos ao seu redor. Ele parecia não acreditar em tudo o que via no lindo ambiente do posto de socorro.

– Onde estou?

– Você está no posto de socorro da Colônia Espiritual Amor e Caridade – disse Isabel.

– Posto de socorro?

– Sim, já está conosco há alguns dias.

UM ESPÍRITA NO UMBRAL

– Me sinto forte. Nem me pareço com como estava quando cheguei no Umbral.

– Seu refazimento está completo. Agora, você precisa despertar, pois temos muita coisa para conversar e mostrar para você.

– Onde está Angélica?

– Ela não está aqui. Venha, levante-se. Você precisa desocupar a cabine. Há outros precisando do mesmo tratamento que você.

– Perdoe-me...

Ainda muito impressionado com seu estado espiritual, Moisés se levantou lentamente e deixou a cabine. Isabel o levou até a sala do Dr. Gilberto, que o aguardava ansioso para lhe dar novas orientações.

– Vamos à sala do nosso diretor? Ele tem algumas informações importantes para te passar, Moisés.

– É o Gilberto?

– Sim. Como sabe o nome dele?

– Me lembro agora que o Lucas me falou que me levaria para ser tratado pelo Dr. Gilberto.

– Ele está lhe esperando. Venha, vamos nos encontra com ele.

Moisés e Isabel caminharam pelo extenso corredor até que chegaram à sala de Gilberto. Após bater suavemente à porta e ouvir de dentro que ela poderia entrar, Isabel adentrou a sala, trazendo o recém-acordado ao seu lado.

Gilberto se colocou de pé para cumprimentar seu mais novo paciente.

– Seja bem-vindo, Moisés.

– Você é o Gilberto?

– Sim, sou o Gilberto.

– Que prazer em conhecê-lo.

– O prazer é meu. Sente-se – disse Gilberto mostrando uma cadeira em frente à sua mesa, disponível para Moisés se sentar.

– Eu confesso que nunca imaginei que a vida espiritual seria assim.

– Assim como?

– Desse jeito.

– Não entendi?

– Simples, normal, muito parecida com a vida da Terra.

– Como você acha que seria a vida espiritual?

– Ah, sei lá... A gente lê tanta coisa, tantas fantasias, que imaginamos que os planos espirituais são coisas cinematográficas.

– Perdoe-me, mas chega a ser engraçado. Cinematográfica... É a primeira vez que ouço alguém falar assim das cidades espirituais.

– Eu lia muito quando comecei na doutrina espírita e confesso que, primeiro, embora eu pregasse que a vida continuava, eu mesmo não tinha muita certeza de que isso era verdade. Eu me surpreendi muito quando acordei após a morte.

– Todos se surpreendem, pois, embora tenham muitas informações e provas da continuidade da vida, a maioria não está segura de que isso realmente seja verdade.

– Mas eu confesso que o meu maior erro foi viver entre o que eu acreditava e o que os livros relatavam.

– Mas há tempo para reparar.

– Eu não sei se conseguirei modificar tudo dentro de mim. Eu achava que sabia de tudo. Pensava que, sendo espírita, seria recebido de forma diferente na vida espiritual; afinal, dediquei anos de minha vida à caridade.

– O fato de ser espírita e ser médium não qualifica ninguém para receber tratamento diferenciado aqui. Pelo contrário: o fato de você interagir com os espíritos, se relacionar com eles, conviver com eles e pregar em nome deles impõe mudanças profundas. Infelizmente, nem todos estão preparados para isso.

– Há quanto tempo você está aqui, Gilberto?

– Eu sempre trabalhei aqui. Tive a oportunidade de encarnar para alguns ajustes pessoais, mas, sempre que desencarnei, voltei para a minha tarefa aqui no Umbral.

– Você esteve encarnado? Por que você precisou encarnar? Com toda essa responsabilidade que você tem, concluo que é um ser iluminado.

– Agradeço seu comentário. Realmente eu já consegui muita coisa em termos evolutivos; porém, na vida de provas e expiações, encontram-se alguns espíritos que estão ligados a mim por muito tempo. Sempre que me é permitido, eu encarno para auxiliá-los nas provas evolutivas.

– Que legal! É bom saber disso.

– Mas lamento informar que um plano encarnatório depende de muitos arranjos e, por vezes, esses arranjos demoram muito tempo. Enquanto a encarnação não me é possível, trabalho no maior projeto da minha existência.

– E qual é seu maior projeto?

– Minha evolução pessoal. Ela só depende de meu interesse, minha dedicação e meu esforço. Nossa evolução só depende de nós, creia nisso.

– Eu posso adquirir essa oportunidade?

– Todos os espíritos encarnados e desencarnados têm essas oportunidades diariamente. Acontece que, presos às mazelas da encarnação temporária ou aos desejos materiais, muitos espíritos desperdiçam essas chances de se tornarem melhores e acabam por padecer no Umbral sem qualquer assistência. Jogam fora as oportunidades que, por vezes, demoram séculos para se repetirem.

– Eu hoje tenho plena consciência de que joguei todas as minhas oportunidades no lixo, doutor.

– Por que tem essa certeza?

– Olhe onde estou e onde você está...

– Somos diferentes. Embora muito parecidos, todos os espíritos são diferentes. Cada um tem um entendimento da vida e segue conforme as orientações espirituais que os acompanham.

– Minha mentora sempre me alertava para os meus erros e defeitos, e eu sempre ignorava as suas orientações. Eu sempre achei serem coisas da minha cabeça, Hoje percebo o quanto eu estava errado.

– Esse é um erro comum aos encarnados.

– Mas eu sou espírita, e o espírita não tem direito ao erro. Ou acreditamos nos espíritos, ou deixemos de lado o espiritismo. É muito triste o que sinto e percebo em mim agora.

Dediquei quase toda a minha vida ao trabalho evangelizador. Dediquei horas e horas ao estudo sistematizado. Foram muitos finais de semana que deixei de passear, viajar e viver para me dedicar a entregar um sanduíche a quem passava fome embaixo dos viadutos, cestas básicas a quem sentia fome e sopa fraterna nas noites frias de inverno aos irmãos pobres das periferias. Mas agora vejo que, se não mudei nada dentro de mim, tudo o que fiz foi em vão.

De que adianta tanta caridade externa se, por dentro, sou um pobre pecador? De que adianta a pose de benfeitor se, por dentro, os meus íntimos sentimentos são avarentos?

Ou se é espírita, ou não se envolva com espíritos. Ou você acredita nos espíritos, ou deixa de lado a hipocrisia e vai viver sua vida sem mentiras, sem se enganar, e enganar pessoas.

– Por que você se culpa tanto, Moisés?

– Porque me denominei espírita e vocês não merecem isso.

– Nós sabemos da incapacidade de alguns em professar a verdade. Não estamos aqui ou nas casas espíritas para julgar quem quer que seja. Nossa missão entre os encarnados é orientar, informar e auxiliar aqueles que, em algum momento da vida, se aproximam de nós.

– Isso é ser espírita, doutor.

– Não, isso é ser cristão. O verdadeiro seguidor do Cristo é paciente, amoroso, sincero, verdadeiro, honesto, livre das amarras ideológicas, carinhoso e, acima de tudo, caridoso.

– Como eu gostaria de ter posto em prática tudo o que se torna realidade agora dentro de mim. Eu sinto que tudo o que estudei, aprendi e vivi agora se tornam lições muito importantes que desperdicei.

– Você será levado à câmara de conscientização e vai se lembrar de muita coisa. Não fique angustiado nem triste por estar se despertando para sua nova realidade. Tenha calma e saiba que estamos aqui para ajudar.

– Eu nem sei se mereço tanto carinho e atenção, Gilberto. Sou grato por tudo o que você e sua equipe estão fazendo por mim.

– Não agradeça. Esse é nosso trabalho.

– Quem sabe um dia eu me capacito para ajudar vocês aqui?

– Isso não depende de mim...

– E de quem depende?

– Única e exclusivamente de você. Só você transforma sua estada na vida espiritual. Só você consegue transformar toda a sua trajetória evolutiva.

– Eu agradeço mais uma vez por tudo o que você está fazendo por mim, Gilberto.

– Você vai ser conscientizado e vai lembrar por que estamos te ajudando.

– Sério?

– Sim. Eu vou chamar a Isabel para levar você ao auditório. Há alguém você esperando lá.

– Alguém me esperando?

– Sim.

– Quem será, meu Deus?

– Você vai se surpreender, posso afirmar.

– Meu deus...

– Venha, vamos nos encontrar com a Isabel.

Moisés foi levado por Gilberto a sala ao lado, onde Isabel estava aguardando.

– Aqui está ele, Isabel.

– Ainda bem que você chegou! Estamos ansiosos para o encontro.

– Mas quem vou encontrar?

– Essa surpresa eu quero proporcionar.

– Para onde iremos?

– Vamos ao auditório – disse Isabel se levantando da cadeira.

– Até breve, meu amigo – disse Gilberto abraçando Moisés.

– Não tenho palavras para agradecer, Gilberto.

– Não se preocupe em agradecer, evolua e estarei muito feliz com você.

– Prometo não titubear mais em relação à minha evolução espiritual. Vou cuidar dela com muito carinho e dedicação.

– Faça isso e todos ticaremos felizes.

– Venha, Moisés, precisamos ir – disse Isabel se dirigindo à porta de sua sala.

Após um olhar carinhoso, Moisés deixou a sala junto com Isabel enquanto Gilberto retornava para a sua sala, onde outros já lhe esperavam.

Isabel e Moisés seguiram pelos corredores do posto de socorro em direção ao auditório, onde alguns espíritos aguardavam a chegada de Moisés.

Qual será a surpresa que aguarda Moisés?

Por que desperdiçamos tantas oportunidades evolutivas que recebemos dos nossos mentores espirituais? Quando é que nos relacionaremos com mais sinceridade com nossa religião e deixaremos de lado as vaidades, os cargos e o ego?

Quanto tempo precisaremos para nos compreendermos como espíritos eternos que somos?

> "
>
> *Deus nos concede, a cada dia, uma página de vida no livro do tempo. Aquilo que colocarmos nela, corre por nossa conta.*
>
> "
>
> *Chico Xavier*

Conscientizando-se

Ansioso, Moisés não conseguia esconder o nervosismo. A caminhada, que era lenta e prazerosa, se tornou rápida e angustiante.

– Por que está correndo, Moisés?

– Desculpe-me, Isabel. Sequer tinha percebido que estava andando muito rápido.

– Está ansioso?

– Muito. Estou desejoso de saber o que me espera.

– Posso lhe assegurar que as surpresas serão boas.

– Isso me deixa ainda mais ansioso.

– Não fique, é inútil. Você tem a eternidade para saber tudo e aprender o que puder.

– Se todos os que se dizem espíritas se conscientizassem ou acreditassem no que a doutrina nos ensina, não haveria nenhum espírita sofrendo crises de ansiedade ou depressão. Eu sei que há casos em que a doença é verdadeiramente uma doença, mas sei também que a maioria dos casos se trata de processos obsessivos que podem ser resolvidos através da conscientização de que todos os problemas espirituais serão resolvidos quando chegarmos à vida dos espíritos.

– É verdade, Moisés.

– Se temos a eternidade para resolver todas as nossas questões, por que sofrer antecipadamente por algo que será solucionado quando chegamos à vida espiritual?

– Excelente ensinamento! Parabéns, Moisés.

– Não é verdade?

– A mais pura... todos os espíritos se encontraram na vida espiritual e, juntos, poderão traçar novos destinos. Sendo assim, não há problema sem solução nem há causas perdidas...

– É verdade, não há problema que não tenha uma solução. Exceto se você se diga espírita, pregue o espiritismo e não acredite naquilo que você mesmo está dizendo...

– Há muito o que aprender ao nosso lado, Moisés.

– Eu estou aqui para aproveitar cada palavra, cada situação, cada acontecimento e, dessas oportunidades, extrair o máximo de aprendizado que me for possível. Não quero nunca mais voltar aqui, se Deus quiser.

– Faça isso e sua estada aqui será de grande valia.

– Eu já aprendi que não posso mais me dizer espírita e agir contrário ao que prego, digo e acredito. Chega de hipocrisia: ou acredito, ou paro de mentir. Simples assim.

– Muito bem, Moisés! Parabéns! Pelo visto, o irmão está entendendo por que está aqui.

– Eu ainda não compreendi por que vocês me deram essa oportunidade, mas confio no que está sendo apresentado para mim e tenho certeza de que posso me tornar melhor com tudo o que vocês estão me dando a oportunidade de aprender. Fique certa de que estou atento a tudo. Sairei daqui, bem melhor do que cheguei. Pode acreditar nisso...

Finalmente, Isabel e Moisés chegaram à porta que dá acesso ao auditório.

– Venha, vamos entrar. Eles estão nos esperando. Você está preparado?

– Embora não saiba exatamente o que me espera, estou pronto para tudo o que você quiser me mostrar. Como eu disse, não vou desperdiçar mais nenhuma oportunidade.

– Está pronto?

– Sim.

Lentamente, Isabel abriu a porta, e Moisés não conteve a emoção ao ver quem o esperava. Lágrimas visitaram o rosto do homem que tanto lutou para se converter ao espiritismo e dedicou muitos anos de sua encarnação ao trabalho caridoso do amor.

Moisés correu e se atirou nos braços de Marta, que, emocionada, abraçou carinhosamente seu filho. Josué, que estava ao lado, completou o abraço ao filho que não via há tanto tempo.

Jordana e Lucas estavam ao lado, observado tudo.

Uma menina de uns 13 anos, também emocionada, chorava pela presença de Moisés. Moisés abraçou todos carinhosamente.

– Pai! Que saudade! Me perdoa por não ter lhe ajudado...

– Meu filho, não havia nada que você pudesse fazer...

– Querida mãezinha, que saudade! Me perdoe os meus erros... Eu não sabia como lidar com a perda do papai e acabei culpando você pelo meu fracasso.

– Eu te amo, filho...

– Estamos todos muito felizes com você, Moisés – disse Jordana.

– Você é minha mentora, é isso?

– Sim, sou eu.

– Ela era a Angélica que acompanhou você até aqui, Moisés – disse Isabel.

– Nem acredito! Você era a Angélica?

– Sim, fui Angélica até você melhorar. Eu não posso ficar dentro do Umbral na forma em que você me vê agora. O que fiz foi somente modificar o meu perispírito para que eu passasse despercebida na região em que nos encontrávamos.

– Meu Deus! Não sei se conseguirei segurar minhas emoções.

– Estamos todos emocionados em reencontrar você, Moisés – disse a menina se aproximando.

– E quem é você?

– Eu?

– Sim... Eu não me lembro de você.

– Vamos nos sentar? – sugeriu Lucas.

– Meu amigo Lucas, que bom que você está aqui.

– Vamos nos sentar e tudo lhe será explicado, Moisés – disse o mentor calmamente.

Após muitos abraços saudosos, todos se sentaram nas cadeiras colocadas exclusivamente para aquele encontro. À frente, havia uma enorme tela, na qual tudo é mostrado ao espírito que precisa rever algumas cenas das encarnações anteriores. Isso permite ajudá-lo a relembrar de fatos que estão adormecidos na mente do espírito que acaba de chegar à vida espiritual.

Todos se sentam. Marta segura as mãos do seu amado filho. Josué, ao lado de Moisés, o acaricia, saudoso.

Isabel e Lucas estão lado a lado, e a menina se sentou ao centro, onde todos pudessem vê-la.

– Olhe na tela – sugeriu Lucas.

A luz do ambiente diminuiu e todos passaram a olhar atentamente para a tela. A paisagem é de uma região muito bonita. Uma rebando de ovelhas é pastorado por Moisés nas colinas verdes de uma cidade bem antiga.

UM ESPÍRITA NO UMBRAL

As vestimentas demonstram estarmos em um tempo em que só vemos hoje nos cinemas que retratam a vida de Jesus e seus apóstolos. Moisés é um menino de uns 14 anos e tem uma companhia lhe auxiliando com tantas ovelhas. Afinal, o rebanho é bem grande para um menino franzino e de pouca idade.

– Vamos, Moisés, já é hora de irmos embora. Nosso pai já deve estar preocupado com nossa demora.

– Estou tentando, mas essas ovelhas não estão me obedecendo hoje.

– Eu vou cercá-las pelo outro lado.

– Eu vou ficar aqui e forçá-las a entrar na trilha.

Assim, com determinação, os dois jovens conseguiram levar todos os animais em segurança para o cercado apropriado a fim de mantê-las em segurança.

Josué espera em pé os filhos.

– Fizeram um bom trabalho hoje, meninos. Agora entrem para o jantar.

– Venha, Felipe, vamos jantar.

À mesa estão Josué, Marta, Felipe, Moisés e a menina sentada conosco.

Todos estão felizes e, após a refeição, deveriam se lavar para se deitar. Essas foram as ordens de Marta.

– Venha, Felipe, vamos ao poço nos lavar.

Moisés, Felipe e a jovem seguiram para o poço. Moisés começou a retirar alguns baldes com água para que todos se banhassem.

– Já terminou, Felipe?

– Sim.

– Então entre, troque suas vestes e vá se deitar.

– Estou indo – disse o rapaz mais novo se afastando de Moisés e sua irmã.

– Agora é sua vez de se banhar Ruth. Vou deixar a bacia cheia e me afastar. Assim que você terminar, me grite que venho guardar as coisas.

– Pode deixar, Moisés.

Assim, após encher duas bacias com água, Moisés se afastou, deixando sozinha sua única irmã.

Naquele momento, todos na sala olharam para Moisés, que soluçava em lágrimas. A jovem se levantou e se sentou ao lado de Moisés para acalmá-lo e confortá-lo.

– Fique calmo, Moisés – dizia a menina.

Voltamos à tela, e a cena que assistíamos chocou todos na sala. Após a jovem se despir parcialmente, Moisés apareceu por trás dela e a empurrou, jogando a jovem dentro do poço.

Em poucos segundos, a menina estava morta.

Então, Moisés simulou um socorro à sua irmã, mas já era tarde demais para Ruth ser salva. Todos ficaram consternados e muito tristes, pois não sabiam que Moisés foi o causador da morte da jovem Ruth.

– Não se culpe por ter me levado ao desencarne, Moisés – disse Ruth abraçando Moisés, que chora compulsivamente.

As luzes normalizam e Marta abraçou seu filho, tentando acalmá-lo. Josué olha para nós como se quisesse que Jordana fizesse algo para acalmar seu protegido.

– Perdoe-me, Ruth. Eu era apenas uma criança e mal sabia o que estava fazendo.

– Eu nunca lhe condenei, Moisés.

– Pai, mãe, me perdoem por fazer isso a Ruth. Eu queria a atenção de vocês. Ruth sempre foi a preferida da casa, vocês faziam tudo por ela... A mim e ao Felipe, só restava a escravidão do trabalho com os animais. Naquele momento em que vi uma oportunidade, fiz o que fiz e me arrependo muito... acreditem em mim.

– Nós nunca desconfiamos que fora você que tinha jogado Ruth ao poço. Acreditamos na sua versão até o dia que chegamos à vida espiritual e tudo nos foi revelado. Aqui, meu amado filho, compreendemos os reais motivos que levaram você a fazer o que fez.

– Eu não acredito que haja algum motivo que justifique a monstruosidade que fiz com a minha família.

– Pois bem, olhe para a tela novamente – disse Jordana.

A luz da sala diminuiu novamente, e todos voltaram sua atenção para a tela, que já mostrava outra época.

Agora, víamos um casal caminhando em uma trilha muito perigosa no alto de uma colina muito íngreme. A jovem provocou um fingimento: ela fingiu estar caindo. O rapaz ao seu lado se aproximou e a segurou pelo braço para evitar sua queda. Sem ele perceber, na verdade, ela tinha criado uma situação para provocar a queda do rapaz.

O que parecia impossível de acontecer aconteceu: o rapaz caiu de uma altura de mais de 100 metros, não tendo qualquer chance de se salvar.

Moisés olhou para Ruth assustado.

– Era eu aquele rapaz?

– Sim, numa época muito antes de você me empurrar no poço, fui eu que te empurrei do alto da colina. Assim, nos ajustamos naquela encarnação – disse Ruth.

– Mas o que queremos mostrar a você não é exatamente os assassinatos que ambos cometeram, mas o resultado desses acontecimentos. Moisés, olhe para a tela e preste muita atenção no que você fez após a morte de Ruth, provocada por você.

Todos voltaram seus olhares para a tela, que agora exibia uma reunião familiar.

– Meu filho, você não precisa fazer isso – disse Marta.

UM ESPÍRITA NO UMBRAL

– Eu já me decidi, minha querida mãe.

– Mas, Moisés, você vai jogar sua vida fora fazendo isso...

– Pai, é o que quero para meu futuro. Você tem o Felipe, ele vai continuar ajudando. Eu preciso fazer isso.

– Meu irmão, se essa é sua decisão, saiba que estaremos sempre aqui lhe esperando e orando por você.

– Obrigado, Felipe.

Moisés pegou uma pequena trouxa de roupas amarrada a uma coberta e se dirigiu à porta da humilde casa onde tudo aconteceu. Marta correu até a porta para abraçar o filho e se despediu dele em lágrimas.

Josué, ao lado de Marta, esperou pelo abraço de Moisés, que se despediu primeiramente do irmão Felipe, abraçando-o calorosamente.

– Boa sorte, meu irmão.

– Obrigado, Felipe. Cuide de nossos pais.

– Pode deixar, eu vou cuidar deles e, se um dia você voltar, estarei esperando.

Moisés se dirigiu ao pai e o abraçou.

– Meu filho, respeitamos sua decisão. Ore por nós.

– Pode deixar, meu pai. Estarei orando por todos vocês.

Marta, em lágrimas, abraçou o filho querido.

– Dedique-se aos estudos. Se cuide e saiba que estaremos aqui se um dia você se arrepender e quiser voltar.

– Eu já estou decidido, mamãe... Me tornarei um monge e me manterei em oração pelo resto de minha vida.

– Eu te amo, meu filho.

– Eu também amo vocês. Fiquem em paz – disse Moisés deixando a casa e pegando a estrada em um dia de muito frio, em que estava nevando.

– Agora me lembro de tudo.

– Lembra-se?

– Sim... Arrependido pelo que fiz e sem ter coragem de contar para minha família, decidi me dedicar à religião. Fui para um mosteiro e só saí de lá dentro do meu caixão.

– Como você pode ver, Moisés, a vida de missionário religioso não está em você somente nessa encarnação.

– Sim... Tenho feito isso em algumas encarnações.

– Agora compreende por que você se tornou espírita?

– Agora vejo que meu compromisso com minha essência espiritual é bem maior. Todos deveriam saber que, se foram levados a uma religião, seja ela qual for, é porque há algo do passado sendo relembrado na vida atual.

Agora, relembrando toda minha trajetória espiritual, vejo que fui levado ao cargo de diretor daquele centro espírita pelo compromisso assumido em minhas vidas anteriores. Tudo o que passei ainda é pouco para modificar meu espírito e me transformar no que realmente desejo.

UM ESPÍRITA NO UMBRAL

Precisamos compreender que a religião espírita não nos permite ensaios: o palco do espiritismo é, na verdade, uma grande peça. Através dos personagens que nos são oferecidos, temos a oportunidade de modificar multidões, aproximando nossos irmãos infelizes do evangelho vivo de nosso senhor Jesus.

Agradeço muito a todos vocês por me permitirem ser um familiar e, através das experiências que vivemos juntos, chegar onde estou. Sei que o Umbral é uma passagem temporária e que, se estou aqui, é porque tenho algo a aprender ou melhorar em mim.

Fui atraído para cá por minha indisciplina e, principalmente, por ser fraco e não enxergar o óbvio que essa religião me mostrava diariamente.

Eu sou eterno, tenho que crer nisso. Não é somente falar: temos que exercitar a crença da vida eterna.

O que vemos nas casas espíritas atualmente?

Vemos pessoas que se dizem espíritas e se dizem caridosas, mas estão mais preocupadas com seus patrimônios do que com o patrimônio da alma, do qual precisaremos na vida espiritual.

Vemos pessoas boas e caridosas, as quais, sempre que possível, são afastadas dos centros espíritas por aqueles que desejam cargos e posições. A caridade sincera atrapalha os planos de quem sente a necessidade do poder e gosta de *status*.

Não adianta estudar se não estamos capacitados a praticar.

O que é mais importante: o evangelho vivido ou estudado?

Porque viver no evangelho nos faz sermos iguais, e sermos iguais não é fácil. São pouquíssimos os espíritas que compreendem o que é isso.

A religião espírita não é a mais perfeita; porém, sem sombras de dúvidas, é a mais verdadeira, porque é a religião que nos diz que temos que desvalorizar as coisas do mundo e valorizar as coisas de Deus. E essa é a verdade que os espíritos não se cansam de nos dizer.

Eu aprendi muito, pai, mãe e irmã. Agora me lembro de tudo o que fiz e me arrependo muito de algumas coisas. No entanto, confesso, foram as coisas ruins que fiz que me direcionaram para as que fiz e me elevaram aos olhos do Senhor.

Sei de nossa ligação espiritual, Jordana, e sou grato a você por me acompanhar por todas as minhas encarnações. Ainda, agradeço sua paciência e tolerância em minhas vacilações.

A vocês, Lucas, Isabel e Dr. Gilberto, não tenho palavras para agradecer por me socorrerem no momento que tanto precisei.

Todos estavam felizes em ver que Moisés havia se recuperado totalmente.

– Vamos deixar vocês um pouco juntos. Depois, me encontre na recepção do posto de socorro, Moisés – disse Lucas se levantando com Isabel.

– Vamos pôr os assuntos em dia e logo encontro você, Lucas.

– Estarei esperando.

– Obrigado, Isabel.

– Nós é que agradecemos a oportunidade, Moisés. E aproveite para matar a saudade de seus familiares.

– Não vou desperdiçar mais nenhuma chance de estar ao lado deles. Pode deixar! Ah, e agradeça ao Gilberto por tudo.

– Ele está sempre muito ocupado, mas pode deixar que iremos falar com ele – disse Lucas.

– Obrigada por ajudarem meu filho – disse Marta.

– Nós é que agradecemos, senhora – disse Isabel.

– Vocês foram incríveis com o meu filho – disse Josué.

– Obrigada por tudo pessoal.

– Cuidem-se – disse Lucas deixando a sala ao lado de Isabel.

Moisés passou algumas horas conversando com seus pais e sua irmã.

Jordana, sua mentora que sempre esteve por perto, declarou-se para ele. Na verdade, Jordana é o grande amor de Moisés. Eles se conheceram numa encarnação muito anterior a todas as que foram mostradas nesse encontro. Por amor, seguem juntos, um ajudando o outro em seus processos evolutivos.

Embora ela se encontre em condição espiritual bem melhor, o amor que nutre por Moisés a impede de deixá-lo à própria sorte nas sucessivas provas evolutivas.

> "
>
> Colhemos na vida espiritual, os frutos da semeadura terrena.
>
> "
>
> *Osmar Barbosa*

O recomeço

Após algum tempo, Moisés chegou à recepção do posto de socorro e se encontrou com Lucas.

– Oi, Lucas.

– Oi, Moisés. Como você está?

– Agora feliz. Foi ótimo reencontrar todos.

– Que bom que você está bem.

– Eu agradeço tudo o que você faz por mim. Não sei se tenho alguma ligação espiritual com vocês para vocês fazerem tanto por mim.

– Na verdade, não temos ligação espiritual pretérita, mas podemos ter muitas ligações espirituais daqui por diante.

– Como assim?

– Eu tenho uma proposta para fazer a você.

– Sou todo ouvidos.

– Agora, o seu destino seria uma colônia espiritual, onde poderia viver ao lado de seus pares até que deseje evoluir mais e ascender aos planos superiores. Como sabe e estudou bastante sobre isso, nenhum espírito fica estacionado quando o assunto é evolução espiritual.

– Sim, eu sei que não estacionamos. Mesmo sem perceber, estamos evoluindo. Toda a Criação está em processo de evolução.

– Mas para haver evolução em todos os planos, deve haver espíritos que auxiliam o Criador. Não acha?

– Certamente. Os mais evoluídos estão auxiliando os menos evoluídos em seus processos particulares de evolução. Foi por isso que dediquei tanto tempo de minha vida ao trabalho na casa espírita. Acredito que assim todos evoluem simultaneamente, atendendo ao projeto da Lei Maior.

– Sendo assim, você tem duas opções. Como eu disse, você pode ir agora para uma colônia espiritual, onde poderá passar um período ao lado de seus pares até que seja necessário, ou seja, oferecida uma nova oportunidade evolutiva. Mas você também pode nos auxiliar aqui no Umbral em um novo projeto que estamos implantando em diversas regiões.

– Interessante... que projeto é esse?

– Tem interesse?

– Sim, claro que sim.

– Então, venha comigo.

– Aonde iremos?

– Até a Colônia Espiritual Amor e Caridade.

– Que honra!

– Venha, vamos – disse Lucas saindo do posto de socorro.

No mundo espiritual, existem cidades espirituais. Alguns chamam essas cidades de Colônias Espirituais; outros, de Mundos Transitórios, e por aí vai. A Colônia Espiritual Amor e Caridade fica dentro da Colônia das Flores, que é uma das maiores e mais antigas Colônias Espirituais instaladas sobre o Brasil.

Ela fica acima do estado de Santa Catarina, adentra o estado do Paraná, Mato Grosso do Sul e um bom pedaço do interior do estado de São Paulo. Como todos podem ver, a Colônia das Flores é bem grande.

A Colônia Amor e Caridade foi criada recentemente. Cerca de 125 anos aproximadamente. Ela foi criada para oportunizar que alguns espíritos sigam se aperfeiçoando e evoluindo.

A Colônia das Flores é especializada no atendimento a pessoas que desencarnam, vítimas de câncer. A Colônia Amor e Caridade tem por especialidade socorrer crianças vítimas da mesma doença. Além disso, ela é uma colônia que auxilia alguns centros espíritas instalados no orbe terreno. Alguns dos mentores dessa colônia auxiliam médiuns a desenvolver um trabalho de orientação, auxílio, amparo e conscientização da vida eterna para os doentes que são levados a esses centros espíritas. Tudo se comunica segundo esses amigos.

"Misericórdia divina!", dizem eles.

Há ruas, avenidas, prédios, lagos, campos verdejantes, árvores coloridas e flores que eu nunca vi por aqui. Por lá, sempre vejo a linda vegetação das colônias e animais, como cães, pássaros e outros animais que vivem entre espíritos. Na psicografia do livro *Amigo Fiel*, tive até a oportunidade de ver como são recebidos nossos cães quando desencarnam.

Na entrada da colônia, há um imenso portão que separa Amor e Caridade do espaço que há entre o plano físico e o espiritual. Há um enorme muro que cerca toda a colônia. Eu já havia perguntado ao Daniel, presidente da colônia, sobre aquele muro que relatei nas psicografias anteriores. Para não deixar vocês curiosos, relato aqui: o muro é para proteger a Colônia de espíritos mal-intencionados que tentam, a todo momento, invadir o lugar de luz.

As colônias espirituais são cidades de luz, e espíritos que não se afinam não podem entrar. Por isso, em volta de todas as colônias espirituais, existem esses muros. Ainda, existem espíritos chamados de guardiões, que cuidam e protegem as colônias. Relatado no livro *O Guardião da Luz*. É como aqui: para proteger nosso patrimônio, temos a polícia ou seguranças. Assim, a vida espiritual é um reflexo de tudo o que temos no plano terreno.

Lucas levou Moisés ao grande teatro que há na Colônia Amor e Caridade. Naquele dia, estava marcada uma apresentação de um novo projeto que está sendo instalado em diversas regiões do Umbral. É um projeto para atender a era da Regeneração que bate à porta do nosso planeta. Assim, em todas as colônias, estão sendo montados núcleos de estudo para ser evitado o exílio de muitos espíritos. Alguns desses núcleos estão sendo instalados dentro dos Umbrais.

– Lucas, por que você está me oferendo essa oportunidade?

– Quando o espírito retorna à pátria espiritual, suas qualidades definem seus próximos passos aqui. Você tem muita experiência em evangelizar e falar das coisas de Deus para outros irmãos. Sendo assim, conversei com Daniel sobre a possibilidade de você tomar conta de um dos núcleos de estudo que estamos montando no Umbral.

– Você pode me explicar melhor como isso funcionará?

– Vamos entrar, o encontro já vai começar. Você vai poder participar de tudo e entender qual é nosso projeto.

Naquele dia, Amor e Caridade estava lotada de espíritos que vieram de diversas regiões para o encontro. Nesse encontro, todo o projeto estava sendo explicado para dezenas de espíritos que se voluntariaram a trabalhar nos núcleos de estudo e na reforma que está sendo instalada em vários lugares.

Lucas entrou e se sentou na segunda fileira. O teatro estava bem cheio.

O primeiro a falar foi Daniel, atual presidente da Colônia Espiritual, Amor e Caridade.

Nina, Felipe, Marques, Gilberto, Rodrigo, Sheila, Soraya, Veridiana, Porfírio e outros amigos estavam sentados à espera da apresentação do grande projeto.

Daniel subiu no palco, foi muito aplaudido e logo começou a falar:

— *Meus amigos, companheiros, colegas, diretores, presidentes e demais autoridades presentes. Quero, primeiramente, agradecer a todos pela presença.*

Como todos sabem, estamos adentrando a Regeneração do planeta Terra, e o exílio de muito de nossos irmãos bate à porta.

Em mais uma tentativa de orientar aqueles que ainda não se decidiram, elaboramos um projeto em que instalaremos vários núcleos de estudo em regiões de sofrimento. Isso tem a finalidade de arrebanhar os últimos desavisados sobre suas situações e o exílio eminente.

Por determinação das esferas superiores e de nossa mentora espiritual, estamos selecionando irmãos com conhecimento aprofundado sobre o evangelho espírita para que possam administrar esses núcleos seguindo as orientações superiores.

Sabemos que, entre os encarnados, há um número significante de médiuns: cerca de 5% dois espíritos encarnados são médiuns. Poderemos utilizá-los através das mensagens que enviaremos a todos os cantos avisando que é chegada a Regeneração e as portas do amor estão abertas para salvar as últimas almas.

Para essa tarefa, serão orientados aproximadamente 12 mil irmãos em todas as colônias.

Aqui em Amor e Caridade, já está tudo pronto, e as inscrições estão abertas para aqueles que desejarem nos ajudar. Daremos preferência a médiuns que desencarnaram recentemente, pois estão afinados com a atual situação da comunidade espírita no planeta.

Agradeço a dedicação e o amor de todos. As inscrições se encerram quando atingirmos o número desejado de tarefeiros para a obra. Muito obrigado a todos! Que o mestre Jesus continue abençoando nossa colônia.

Todos bateram palmas e o encontro prosseguiu, pois ainda havia outros palestrantes. Eles falaram sobre as estratégias que serão usadas para convencer a maioria dos espíritos que habitam as regiões de sofrimento do Umbral.

Ao término do encontro, Lucas conversou com Moisés.

– O que você achou?

– Você acha mesmo que eu vou deixar essa oportunidade passar, Lucas? Chega de errar, meu irmão.

– Foi por isso que convidei você. Tenho certeza de que você fará um lindo trabalho no Umbral.

– Eu nem sei como agradecer, Lucas.

– Não agradeça. Me ajude no que tenho que fazer agora.

– Ajudar? Em que?

– Venha, vamos voltar ao Umbral.

Lucas e Moisés deixaram a colônia Amor e Caridade e se foram ao exato local onde Moisés chegou após o seu desenlace.

– Eu conheço esse lugar.

– Foi aqui que você chegou após seu desencarne.

– Lucas, eu aceitei minha morte sem reclamar... Mas por que morri tão cedo?

– Estava em sua programação. Você deveria deixar a vida no tempo certo em que deixou.

– Eu queria ter feito muito mais.

– Oportunidades não lhe faltarão agora, basta você se dedicar e fazer tudo certinho.

– Eu prometo que vou me empenhar ao máximo para realizar um bom trabalho aqui.

– Você sabe que terá que estudar e frequentar o treinamento que será feito em Amor e Caridade. Perdoe-me, eu me esqueci de avisar que você realmente vai precisar se dedicar muito para ocupar o cargo que lhe ofereci.

– Eu estou acostumado ao estudo, não se preocupe com isso. Darei o máximo de mim para esse projeto de vocês.

– Esse projeto não é exclusivo de Amor e Caridade, ele é um projeto para todas as colônias e cidades espirituais existentes.

– Sempre me disseram que tudo aqui é muito organizado. Agora vejo que é tudo verdade.

– Sim, tudo na vida espiritual é muito organizado.

– Está frio aqui.

– Sim, estamos nas profundezas do Umbral.

– Eu só não entendi ainda por que você me trouxe aqui. O que faremos aqui, Lucas?

– Venha comigo e não faça barulho. Vista essa capa e caminhe ao meu lado.

Lucas entregou a Moisés uma capa preta que lhe cobria todo o corpo, igual àquela que ele usou para fugir.

– Coloque o capuz – disse o mentor.

Assim, Lucas e Moisés se puseram a caminhar nas estreitas trilhas do Umbral.

Após algum tempo, Lucas parou repentinamente.

– Chegamos.

– Não vejo nada em frente.

– Olhe. Preste atenção àquele pequeno rochedo lá na frente.

– Sim, parece haver uma caverna nele.

– É ali que está quem viemos buscar.

– Viemos buscar? Como assim?

– Viemos resgatar uma irmã, ela está muito assustada e escondida dentro daquela caverna. Vamos nos aproximar lentamente para não a assustá-la.

– Ok.

Lucas e Moisés se aproximaram lentamente da pequena caverna onde era possível ver alguém escondido.

– Espere, eu vou acender uma tocha para não assustá-la.

– Você tem uma tocha aí?

– Sempre trago comigo o que vou precisar nos resgates – disse Lucas.

– Mas eu não vejo tocha nenhuma em suas mãos... você sequer tem uma sacola.

– Eu não preciso de sacola. Olhe, eu tenho esse líquido inflamável. Basta arrumar um pedaço de madeira e teremos uma tocha.

– Tem um pedaço de madeira aqui perto de mim.

– Pegue-o.

Moisés pegou um pequeno pedaço de madeira e entregou a Lucas, que umedeceu a ponta. Logo, uma tocha estava acessa na mão do mentor.

– Pronto, temos uma tocha.

– É impressionante as coisas que vocês fazem aqui.

– Venha – disse Lucas caminhando lentamente em direção à caverna.

Eles entraram devagar.

– Tem alguém aí?

Silêncio total.

– Eu sei que você está aí... vim para buscar você... não precisa ter medo, somos amigos – dizia Lucas em tom de amizade.

– Apareça para nós, somos amigos.

Ninguém respondeu ao mentor espiritual.

– Moisés, fale você.

– Falar o quê?

– Diga que é você o Moisés, que está aqui e veio para buscá-la.

– Mas buscar? Quem?

– Repita o que digo.

– Está bem. Oi, eu sou o Moisés, eu vim para buscar você.

– Moisés? – ouviu-se uma voz feminina.

– Sim, sou eu.

Um vulto de mulher apareceu e se aproximou lentamente da pequena tocha que iluminava a escura e pequena caverna.

– Meu deus! É você mesmo! – disse a mulher se jogando nos braços de Moisés.

– Margarida, o que você faz aqui?

– Eu morri atropelada indo para o centro espírita.

– Há quanto tempo você está aqui?

– Eu não tenho certeza, mas acho que uns 10 dias.

– Minha irmã, que tragédia!

– Realmente foi uma tragédia a sua morte.

– Mas o que houve?

– Você tem água? Eu estou morrendo de sede...

– Não, eu não tenho, não precisamos de água aqui.

– Mas por que tenho tanta sede?

Lucas se aproximou e entregou a Margarida um cantil contendo água.

– Beba, minha irmã.

– Quem é você?

– Sou um amigo, me chamo Lucas.

– Foi ele quem me socorreu e me ajudou até agora, Margarida.

– Você é um mentor espiritual, Lucas?

– Sim, para alguns sou sim.

Margarida abriu o cantil e bebeu goladas de água fresca.

– Obrigada – disse ela devolvendo o cantil a Lucas após se deliciar com a água fresca.

– Podemos nos sentar?

– Temos que nos sentar, não poderemos retornar hoje. Vamos nos sentar e descansar, amanhã bem cedo seguimos para o posto de socorro – disse Lucas se sentando em um canto onde havia uma pedra que parecia um banco.

Moisés se sentou e ao seu lado, Margarida.

– Me conte o que aconteceu, Margarida?

– Eu estava indo para o centro espírita. Quando fui atravessar a avenida, um rapaz em uma moto avançou o sinal vermelho e, para desviar dele, um carro que estava passando no cruzamento me atingiu na calçada. Tive minha morte imediata. Acordei aqui e me rastejei até essa caverna para me esconder de algumas criaturas horrendas que me atentavam.

– E você está bem?

– Sim, dias atrás uma menina passou aqui e me deixou algo para comer e um pouco de água para beber. Só que a água e a comida acabaram eu não pensei que ficaria tanto tempo aqui sem ninguém me procurar.

– Como era essa menina?

– Negra e bem jovem.

– Era ela com certeza – disse Moisés.

– Ela quem?

– Depois eu explico – disse Moisés com ar de sorriso.

Voltando-se para Lucas, Moisés perguntou:

– Por que ela teve seu desencarne tão prematuro Lucas?

– Não foi prematuro, estava programado. Tudo é programado, lembre-se sempre disso. Não há acasos...

– Ela também tinha que desencarnar logo depois de mim?

– Sim, e quem sabe vocês não podem trabalhar juntos aqui?

– Será possível?

– Vamos ter que consultar as esferas superiores, mas, se for permitido, eu mesmo vou sugerir que Margarida trabalhe ao seu lado. Afinal, vocês trabalharam tantos anos juntos.

– Trabalhar em quê?

– Depois eu explico, Margarida. São tantas novidades que confesso que nem sei por onde começar.

– Agora vocês têm todo tempo do mundo para se ajustarem às suas novas vidas – disse Lucas.

– Tem algumas coisas que eu tenho que lhe contar, Moisés.

– Me contar?

– Sim, aconteceram coisas horríveis depois da sua morte.

– Pois conte.

Margarida se ajeitou no canto da caverna ao lado de Moisés e começou a falar.

– Me perdoe o que vou contar, mas eu preciso desabafar. Não são coisas agradáveis. Na verdade, não era isso que eu gostaria de lhe contar.

– Não se preocupe, estou preparado para ouvir tudo.

– Depois do seu funeral, horas depois, foi marcada uma reunião lá no centro espírita para decidir quem seria o novo presidente. Não esperaram nem seu corpo gelar e já estavam preocupados com os cargos que iriam ocupar.

Você sempre foi um homem determinado e sério, nunca deu muita confiança para aqueles que desejavam destaque e posição dentro do centro espírita. Você sempre foi nosso líder e conduziu tudo à sua maneira, até chegar onde chegou.

O seu jeito de administrar nunca foi muito aceito pelos nossos irmãos, que ajudaram a construir tudo o que foi feito em nome do amor. Eu sempre apoiei você porque conheço bem os corações que ali estavam.

UM ESPÍRITA NO UMBRAL

A reunião foi aberta e durou apenas meia hora. Tempo suficiente para todos brigarem por cargos e posições.

O centro espírita nunca mais abriu.

No dia em que morri atropelada, eu estava indo entregar minhas chaves e me afastar definitivamente da obra caridosa fundada por você.

Infelizmente, meu presidente, todo o seu esforço foi em vão. Todo o seu sonho falhou, porque nenhum membro estava preparado para assumir o posto deixado por você.

Moisés se mantinha calado e pensativo.

– Perdoe-me ser portadora dessas notícias... Você lutou muito pelo nosso centro espírita. Eu fui e sou testemunha de seu esforço e sua dedicação à obra da caridade.

– Eu imaginava que isso iria acontecer, Margarida. Estava cercado de cobras travestidas de espíritas. Minha mentora espiritual sempre me alertava. Eu nem sei o que dizer, só me resta agora continuar minha trajetória aqui, onde poderei exercer o que aprendi com os espíritos.

– Desculpe, Moisés, eu fiz o que pude para que sua obra se mantivesse em pé, mas infelizmente não foi isso que aconteceu.

– Que coisa triste. Você não acha, Lucas?

– Eu lamento o desperdício das oportunidades que lhes farão falta quando se desligarem definitivamente das encarnações. Você não deve ficar abatido, pois a providência divina encontrará um destino para uma porta aberta do bem. Saibam que portas que Deus abre ninguém consegue fechar.

Já está programado: um jovem que é estudante da casa espírita à qual vocês se dedicaram tanto tempo de suas vidas vai assumir a direção e dar continuidade às tarefas caridosas implementadas por você, Moisés. Não se preocupem com isso. O tempo ajustará as novas pessoas que seguirão na tarefa do bem. Aquele centro espírita jamais será fechado pelos homens. Posso assegurar isso.

– É ótimo saber disso, Lucas.

– Ainda bem que Deus não esqueceu de nós.

– Ele não esquece de nenhum de seus filhos, Margarida.

– O que acontecerá comigo, Moisés?

– Você será levada a um posto de socorro (claro, se você desejar). Depois, será ajudada por eles e poderá seguir para uma colônia espiritual a fim de se aperfeiçoar e seguir seu caminho evolutivo. Ou se desejar, pode permanecer no Umbral. Não somos obrigados a nada encarnados, muito menos desencarnados.

O que eu aconselho é agarrar as oportunidades com todas as suas forças e aproveitá-las para deixar definitivamente o processo de provas e expiações. Isso porque esse tempo está findando e aqueles que não se adequarem à nova realidade do planeta serão exilados para outras dimensões.

– Estudávamos muito sobre isso em nossa casa espírita.

– Aqui é o lugar onde tudo o que lemos nos livros espíritas se torna realidade. Você pode não acreditar, mas é aqui que tudo se torna verdade, e da verdade não conseguiremos fugir.

– Lucas, meu amigo, poderemos ajudar Margarida?

– Já estamos ajudando. Se não tivéssemos permissão, não estaríamos aqui.

– O que disse a ela é realmente o que vai lhe acontecer?

– Sim, ela será assistida em um posto de socorro se assim desejar.

– Agora a decisão é sua, Margarida.

– Meu amigo, quando você estava estirado naquele caixão, eu até pensei que sua morte seria um benefício para mim. Confesso que foi somente um pensamento, pois, quando seu corpo desceu ao solo, imediatamente me arrependi de ter pensado o que pensei e vi, naquele momento, o quanto você faria falta em nossas vidas. Sempre segui seus ensinamentos e suas orientações. Aqui não será diferente. Agradeço de coração por sua ajuda e amparo e prometo que vou buscar, com todas as minhas forças, a sabedoria necessária para compreender o que preciso fazer para evoluir.

– Que todos que lerem esta obra e estejam ligados ao espiritismo de alguma forma, saibam que a doutrina espírita é, sem sombras de dúvidas, a última porta aberta para a salvação.

Não desperdicem os ensinamentos espíritas. Aproveitem cada instrução dos espíritos para se modificarem por dentro, pois a mudança sempre começa em nosso interior, naquilo que acreditamos e, principalmente, em nossas decisões.

Creiam que estamos no plano de vocês para auxiliá-los, e nada mais que isso.

Se, algum dia, um espírito, um mentor ou um guia espiritual lhe impuser algo com a justificativa de que você precisa obedecê-lo para alcançar suas vitórias, tenha certeza de que esse espírito está enganando você. Ele não é um mentor, nem um guia espiritual ou sequer um espirito: ele é um OBSESSOR disfarçado de anjo para destruir sua vida e a obra que você está realizando.

Não se entregue àquilo que engana, que ludibria, que finge, e que mente. Entregue sua fé, seu coração, seu amor e sua evolução àqueles que falam de Jesus olhando em seus olhos e pratiquem, fora do centro espírita, o que dizem ao microfone.

O exemplo é a única maneira de ensinar.

UM ESPÍRITA NO UMBRAL

Faça a sua encarnação valer a pena. Faça a sua mediunidade, valer a pena. Se um dia você chegar ao Umbral, saiba que foram suas atitudes que lhe trouxeram para cá e que você pode sofrer muito e se arrepender por não ter prestado atenção no que dissemos todos os dias...

O verdadeiro espírita trabalha diariamente para se modificar e se tornar um ser melhor.

Para finalizar esta psicografia, gostaria de deixar duas mensagens muito importantes para todos vocês.

– Quais são as mensagens, Lucas?

– A primeira é: *"reconhece-se o verdadeiro espírita pela sua transformação moral e pelos esforços que emprega para domar suas inclinações más"* (Allan Kardec).

– E a segunda?

– A segunda é que o que relatamos é um caso muito isolado. No Umbral, a maioria dos espíritas que fracassam na missão mediúnica sofrem demasiadamente por desperdiçarem a oportunidade redentora que lhes foi oferecida através do dom mediúnico. Lembramos que a religião espírita é a última porta que se abriu para a salvação daqueles espíritos que, durante muitas encarnações, insistiram no erro de se acharem superiores aos seus irmãos. Portanto, se você que é espírita e está lendo esta obra, saiba que você pode mudar tudo. Basta que comece a agir imediatamente.

– Obrigado, Lucas.

– Deus, abençoe...

– Obrigado.

– Não tem de quê...

Fim

Dedico esse livro aos meus companheiros da Fraternidade Espírita Amor e Caridade.

Osmar Barbosa

Outros títulos lançados por Osmar Barbosa

Conheça outros livros psicografados por Osmar Barbosa. Procure nas melhores livrarias do ramo ou pelos sites de vendas na internet.

Acesse

www.bookespirita.com.br
www.compralivro.com.br

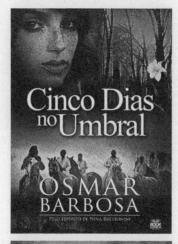

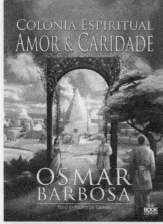
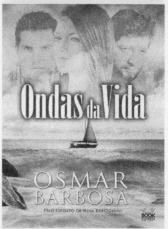
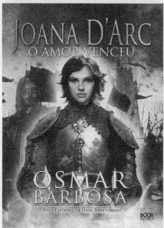

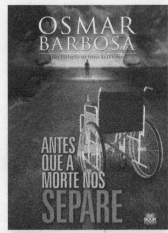

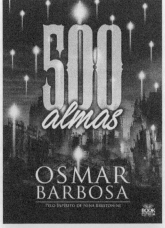

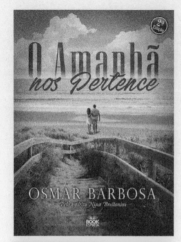

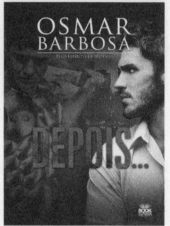
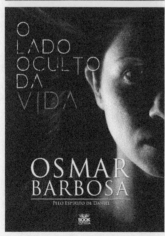
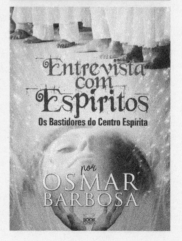

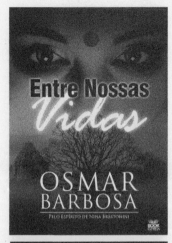
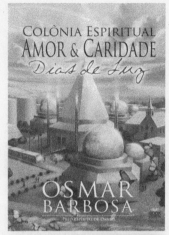
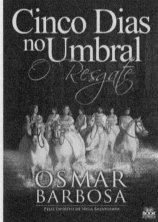

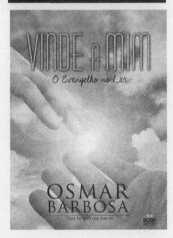
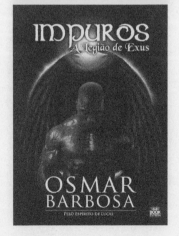

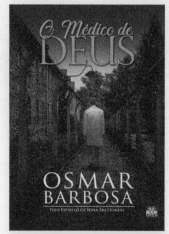
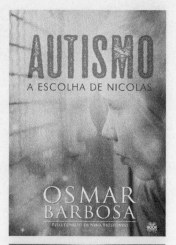

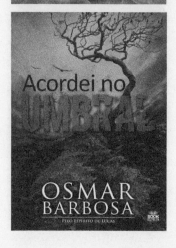

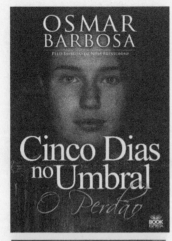

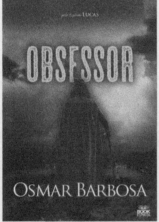
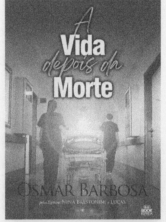

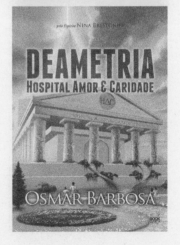

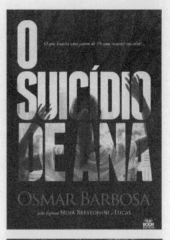
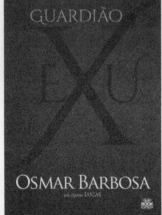
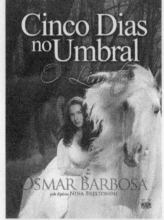
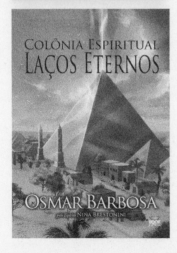
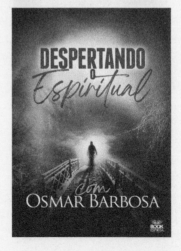

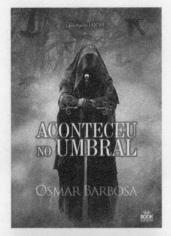
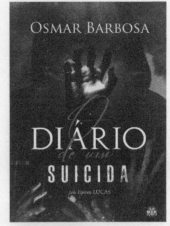
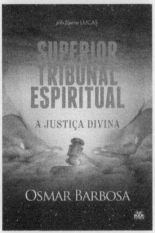

Esta obra foi composta na fonte Century751 No2 BT, corpo 13.
Rio de Janeiro, Brasil.